做有影响力的图书

一无所有，
就是你努力拼搏
的理由

言冗 三耳姑娘等 —— 著

广东旅游出版社
GUANGDONG TRAVEL & TOURISM PRESS

中国·广州

图书在版编目（CIP）数据

一无所有，就是你努力拼搏的理由／言冗等著 . —广州：广东旅游出版社， 2019.8

ISBN 978-7-5570-1781-1

Ⅰ . ①一… Ⅱ . ①言… Ⅲ . ①散文集－中国－当代 Ⅳ . ① I267

中国版本图书馆 CIP 数据核字（2019）第 067118 号

一无所有，就是你努力拼搏的理由
YI WU SUO YOU , JIU SHI NI NU LI PIN BO DE LI YOU

言冗等 著

◎出版人：刘志松 ◎责任编辑：梅哲坤
◎责任技编：冼志良 ◎责任校对：李瑞苑

出版发行 广东旅游出版社
地址：广州市越秀区环市东路 338 号银政大厦西楼 12 层
邮编：510060
电话：020-87348243
印刷：三河市华晨印务有限公司
地址：三河市杨庄镇杨庄村
开本：880 毫米 ×1230 毫米 1/32
字数：120 千字
印张：8
版次：2019 年 8 月第 1 版
印次：2019 年 8 月第 1 次印刷
定价：36.00 元

序

生活不需要抱怨

▲ ◁ ◁

小时候，心比天高，总是觉得自己无所不能。可随着长大，慢慢发现很多不如意的地方。长得不比别人漂亮，身材不如别人好，就连性格也比不上别人。慢慢发现自己不再是世界中央，遇到点磕磕绊绊第一时间就会怀疑自己，而后抱怨这世界不公，心安理得地做一个只生活在舒适区的人。

安安是我的发小，十八岁以前，她总是跟在我身后，一遇到挫折就手足无措不知道该怎么办。可十八岁之后，我便看到了一个完全不一样的她，她依然和十八岁前一样活泼开朗，只是眼神里已经充满了坚定和决绝，不会在遇到磨难的时候抱怨撒气，也不会一股脑地往后退，而是默默整理情绪，暗自努力，一点一滴积累对抗挫折的实力，然后守得云开见月明。

印象最深的一次是她刚到美国，原本报考的导师身体不适，导致她硕士研究生的名额被取消，刚得知消息的她，正被无数的难题困扰。尽管高分通过了托福考试，依旧在语言应用上有很大的障碍，甚至家里的网线坏了想要找人维修都不知道该走什么流程。语言问题，生活问题，再加上突如其来的读书问题，安安差一点就彻底崩溃了。

电话里，她哭诉着跟我讲："当初就不应该来，我一直以为自己能解决这些事情，可没想到就如同钝刀要命，一件事一件事地压在身上，我现在根本没有头绪该怎么办，原本最不需要担心的学业问题，却因为一句身体不适就要抹杀我这一年多的辛苦，我好累啊。"

我默默听她哭完，一时语塞，不知该用什么样的方式去安慰她。突然想起她高考前为了报考喜欢的学校，日复一日地努力、坚持，就算前路遥遥希望渺茫，还是咬着牙挺过了这一切。

我试着告诉她，如果抱怨有用的话，那这世间岂不全是心想事成的事？我说，你还记不记得，你以前最在意的那场作文比赛，辛辛苦苦上了那么多节课，还是没有实质性的突破，你也曾像今天这样号啕大哭一筹莫展，可最后，你还是以第一名的成绩拿到了人生中第一个奖杯。

安安突然沉默，也许是说到了往事她也突然发觉自己咬着牙走了这么久的路，曾经可以那样日复一日地坚持，眼下碰到的困难又算什么呢？她开始积极联系其他导师，一封一封自荐邮件发出去，虽然大多数得到回复是"抱歉，名额已满"，可在艰难的等待过后，终于有一名业内顶尖的老师热情地朝她抛出了橄榄枝。而后，之前担心的种种杂事也一一解决。

十八岁前，我们每一个人都像安安一样谨慎、小心，遇到挫折和磨难第一反应便是往后退，开始抱怨所有不公平的遭遇，甚至质疑最初的选择，可并不是所有人都如同十八岁后的安安，有独当一面的能力。

　　最后，希望每一个拿到在这本书的读者，请你在遇到挫折时先别急着抱怨，抱怨解决不了任何实质性的问题，而生活也并不会因为你的抱怨就一路畅通无阻。在你最悲伤失意的时候，不妨拿起这本书，在大大小小三十余篇故事里，找到你的身影，探寻你的未来。

目 录

▶◁◁

第一章

我们都不是神的孩子 / 001

有时候觉得人生就像小说，有天生的主角也有一辈子的配角，主角好像是上帝的宠儿，没有苦难，没有失去，只是平凡的你我从未入选。配角却好像是上帝的弃子，历经坎坷，前路遥遥，他是身边的每一个你我。可是啊，不经受苦难又如何长出翅膀？不在雨中跳舞又如何遇见彩虹？终有一天你会明白，那些在你眼中耀眼非常的人也和你一样曾饱受磨难。

第二章

弗朗罗曾说："每个生命中，有些雨必将落下，有些日子注定要阴暗惨淡。"可是啊，守得云开见月明，属于你的终将在历练之后更加闪耀，耐得住寂寞才撑得起野心。当你感觉前路茫茫时不妨换一种态度，当你觉得天要塌下来时不妨换一个角度，一切都会随风而散。

第三章

人生就像长跑，我们每个人奋力向前，生怕浪费一分一秒，一旦遇到阻挡就气急败坏地大哭大闹，好像失去了全世界。但有时候，停下未必就是件坏事，在阴暗的日子里气定神闲或许更能让你在未来大放异彩。所以，亲爱的你，别着急，别哭泣，属于你的终会在努力后得到，你唯一能做的就是在等候中积淀实力。

第四章

遇见更好的自己，享受更好的生活 / 182

　　这个城市风总是很大，有梦想的人总是晚回家。有时候，我们想通过漫长时光来掩盖伤疤，可是当这段日子过去，你又会哀怨那个毫不作为的你。殊不知，只有当我们披荆斩棘，为自己出征才能让伤疤消失，享受肆意人生。

第一章 ○
我们都不是神的孩子 ●

　　有时候觉得人生就像小说，有天生的主角也有一辈子的配角，主角好像是上帝的宠儿，没有苦难，没有失去，只是平凡的你我从未入选。配角却好像是上帝的弃子，历经坎坷，前路遥遥，他是身边的每一个你我。可是啊，不经受苦难又如何长出翅膀？不在雨中跳舞又如何遇见彩虹？终有一天你会明白，那些在你眼中耀眼非常的人也和你一样曾饱受磨难。

■ 你所受的苦难，终将照亮你的未来 （作者：松尤）

　　如果你也曾经被困在苦难里，那我祝福你：我祝你不忘初心，我祝你勇往直前，我祝你如天下所有的勇士一般，能够一路披荆斩棘，不怕受伤，坚信你所受的苦难终将照亮你的未来。

　　大学时，我们宿舍有个叫曲萍的姑娘，第一次见到这个姑娘，我就觉得她好温柔，是那种山谷里长成的野百合瘦弱却又坚韧的温柔，在大家都叽叽喳喳讲述着自己来自哪里，叫什么，考上的是哪个系的时候，她一直都没开口。

　　好不容易轮到她讲话了，她的声音轻轻的，语速慢慢的，好半天才完整地表达出一句话："曲萍，金融系。"

　　她这语速慢到就像是一个字一个字往外蹦一样，我和其他室友面面相觑，好久才明白：曲萍，和其他人不一样。

　　曲萍是个口吃的姑娘，每讲几个字就要长时间地停顿一下，并且喉咙里有类似呜咽声的喉间音，近二十年的口吃恶疾，让她几乎没有办法顺顺当当地连续说上几个词。

　　关于曲萍口吃这件事，我们宿舍里每个人都装作不知道，或者说是努力地忽视掉这件事，我们都幼稚地觉得，这是守护曲萍自尊心的最好办法，我们甚至觉得只有这样，曲萍才会觉得自己和别人没有什么不一样。

可是，本来就没有什么不同不是吗？我们都是来到人间一趟，带着上天给的缺憾来修炼自己，你是，我是，曲萍也是。

曲萍出生在一个贫穷的小村庄里，虽然家境贫困些，但因为父母就她一个女儿，生活没什么负担，所以宠她也都是按着家族里最高标准宠着的，当然也有人劝她父亲再生个儿子，不过父亲转脸就跟曲萍保证不会生弟弟，只疼她一个。

日子就这样缓缓地流淌下去该有多好，让曲萍慢慢长大，让她一点点地读书，学习，最后变成一个能够独当一面，照顾家人的姑娘该有多好。遗憾的是，天总不遂人愿，曲萍三四岁的时候，生了一场大病，几天几夜地发高烧，一旦烧昏迷过去了就会睡上好久才醒过来，醒了就神志不清地说胡话，说着说着就号啕大哭，哭累了就继续昏睡。

父母亲吓得半死，抱着曲萍四处求医，在大医院治不好，就去找小偏方，甚至听信一些迷信的土方子，来来回回折腾了大半年，终于捡了条命回来，但曲萍的嗓子在这场浩劫中折腾坏了。

眼看着自己的女儿变成了一个话都说不利索的小结

巴，曲萍的母亲开始着急了，她带着曲萍去看医生，却被医生告知早已经错过了最佳的治疗时期。

曲萍的嗓子坏了，永久性地坏了。

因为话说不利索，曲萍的童年平白遭受了无尽的委屈，如果你在那个时候问她最害怕什么，她不会说她害怕僵尸、怪兽这些子虚乌有的骇人东西，而会告诉你她害怕生活里那些结结实实存在的难堪。

比如：上街买东西。

又比如：上课读课文。

买东西是一个需要语言交流的过程，然而，对曲萍来说这个过程不是如我们买东西一般简单，老街里的那些粗鄙的小商小贩会嬉皮笑脸地问这个胆怯的小姑娘："会念顺口溜吗？知道怎么叫人吗？来来来，喊声大大听听。"

就是因为这样一群人，口吃这件事情在一个小小的姑娘的心底里种下了自卑的种子，她甚至觉得无论自己做什么，不管是好的还是坏的，都会像口吃一样引来别人的目光然后便是无穷尽的玩笑话。

曲萍开始害怕见人，也拒绝开口和大家交流，她自欺欺人地觉得，只要自己不开口讲话，那么，她和大家就是一样的。

会是一样的吗？显然不会，而且曲萍的确没有办法做到完全不开口讲话，她的衣食住行都需要和家人交流，就连日后她的上学念书也是需要开口的。

曲萍上的第一堂课是语文课，年轻的语文老师领着大家读拼音，a、b、c 这几个简单的拼音，老师领着大家读了一遍又一遍，然而，每一遍都有怪异的声音出现，老师当作是小孩子恶作剧就没怎么在意，可一遍一遍读下来，这个孩子一直都在捣乱，语文老师很生气，停下来，问："是谁没有好好读？"

每一个孩子都在好好读，包括曲萍。

"是哪个小朋友一直在读书的时候呜呜啦啦的？"语文老师又问。

小朋友们纷纷摇头表示不是自己干的，曲萍低着头不敢说话，却还是挡不住被别的小朋友揭发了。"老师，老师，是曲萍，她是个结巴。"

她是个结巴。

可能小朋友还小，尚不能理解这句话对曲萍的伤害有多大，只知道在说完这句话后和其他小朋友们一起大笑，然后大家就像是提前约好了一样大喊着：小结巴、小结巴。

老师敲了敲黑板，示意大家安静下来，然后她让曲萍起立，问："是你吗？"

曲萍没有回答。

老师提高了声音："是不是你？"

曲萍还是不回答。

下面已经有很多小朋友小声议论了，有个胆子大点的小男孩，笑嘻嘻地对老师说："老师，小结巴不会说话，你别问她，就是她弄出来的声音，我都听见了。"

"我再带着大家读一遍，你，不用读了。"老师指了指曲萍。

后来再提起这件事，曲萍跟我说："我会恨那个老师，她默许大家对一个小女生恶意伤害，同时，她自己用冷漠的力量将这种伤害加深，为人师，哪能这样做事？"

那天还发生了什么事？语文老师去了曲萍家，她告诉曲萍的父母，曲萍扰乱课堂纪律，不要再让曲萍去学校了。

那时的曲萍虽然年纪尚小，但也不是那种听不懂话的孩子，她从厨房里拿出擀面杖就要砸到老师身上去，哭闹着赶语文老师走。

落荒而逃的语文老师留了句话给曲萍的父母："就你女儿这样还上什么学？话都说不利索，再养个几年，早早嫁人算了，累赘。"

语文老师走后，父亲帮哭得撕心裂肺的曲萍洗了洗脸，然后问："闺女，你自己讲到底是怎么回事，我不信那老师。"

曲萍哽咽着向父亲讲了事情的经过。

曲萍的父亲听后，背过脸，猛抽了一大口烟，过了很久，他说："闺女，咱去县城里上学。"

就这样，曲萍被父亲送到了县城，每天上学放学，父亲都会骑着他的大梁子自行车来接曲萍，他让女儿坐在前面的杠子上，稳稳地，一起回家。

父亲跟女儿说："闺女，缺啥少啥跟爸说，爸给你买，我看你那同班同学用的都是圆珠笔，回头我也给你买几支去，不能让闺女丢了份。

"我知道你胆子小，怕见人，可闺女，你怕啥？有爸给你撑腰呢，我闺女长得漂亮，人又聪明，不怕哈。

"闺女，咱跟别人没啥不一样的，别人考大学咱照样也可以。"

曲萍的父亲每次都会在回家的路上跟曲萍说好多好多话，曲萍从最初沉默地听，到后来慢慢地说，这一路陪伴的日子，大概是曲萍最感激的时光。

"我、我们，老师今、今天，夸我字，写得好。"

"我们班、班，有个，女生，她带我，玩、玩跳绳了。"

"我，考了，第一。"

曲萍成为年级第一的时候，父亲被邀请作为优秀家长上台发言。

曲萍永远记得那天，她那黄土般的父亲洗了头发，刮了胡子，还从衣柜里摸出了他和母亲结婚时穿的西装，他也不好意思再骑自行车去学校了，怕给曲萍丢份，于是跑东家跑西家，借了辆三轮车。

他坐在驾驶座上，招呼曲萍上车，那一路轰隆的发动机声里和迎面吹来的风里都是让人激动到流眼泪的味道。

紧张的父亲一直问："闺女，我这样行吗？好看不好看？你同学的家长都上台讲话吗？普通话说不好怎么办？要不，我不上去了吧？"

不上去自然是不行的，父亲最终还是走上了讲台。第一次面对这么多人，他紧张得说不出话来，右手搓了搓自己的衣角，最后结结巴巴地说："那个，我是萍儿，曲萍的父亲，嗯，我女儿这次考了第一，我心里特为她高兴。"

班主任是个年轻的小伙子，他看着窘迫的父亲，微微一笑："曲萍同学每次考试都会有进步，您可以跟我们家长朋友分享一下您的教育方法吗？"

父亲憨厚地笑了："嘿，我哪有什么教育方法，我这闺女她自觉得很，每天放学回到家就去写作业，好几次，我都看见她一份作业写了好几遍，我就寻思着，她这是不是又被欺负了，别人欺负她让她帮着写作业啊。后来，我就忍不住了，我就问她，'闺女，你这咋又写一遍啊？'我闺女就跟我说，'老师布置的让熟读课文，我读得有点慢，多写几遍，我能记得快些。'班主任，你也知道，我闺女跟其他孩子不太一样，我每天看她抄书抄到大半夜，我的心都碎了。"

台上的父亲含着热泪去握班主任的手，台下的曲萍钻到桌子底下偷偷地抹眼泪。

小学生的家庭作业大多是背一背书本上简单的小句子，可曲萍别说背了，她连念都成问题，尝试了一次又一次，别人都能够用课本上的对话交流了，而她连个句子都说不顺当。

委屈，慌乱，焦急，一下子全部涌上了曲萍的心头，她开始害怕再一次遇见村子里那样的老师和同学。

幸运的是，那样的老师同学只是少数，大多数老师和同学还是美好的存在。

班主任在发现曲萍的异样后，找到了每个任课老师，几个老师在一起讨论后，一致决定，以后的课堂互动把提问背诵换成抽查默写，把站起来回答问题变成学生自己到黑板上写答案，把老师领读换成了学生自己朗读。

课堂变得和以往不一样，可又好像没什么不一样。

曲萍开始觉得上学是一件快乐的事情，她会为了能够回答问题而抄写课本到深夜，为了能够跟小朋友们玩到一些而主动交朋友，为了能够考出好成绩而主动迈出第一步，去咨询老师。

抄课本的那段年月对曲萍来说真的太苦了，伴随她的是永远是暑气蒸腾的夏夜里昏暗的灯光，还有那滴水成冰的隆冬岁月里摇曳的火苗。夏天她的身上被蚊子咬得没一处好地方，冬天她干巴巴的小手冻出了一个又一个冻疮，可是，就算这样曲萍也没有选择放弃，因为她坚信父亲的那句'闺女，咱跟别人没啥不一样的'，她也坚信她所受的苦难终将会把自己前方的路照亮，所以这些年来她才努力地走过一次又一次的历练，一次又一次的困苦，一直到今天，一直到她走进大学的校园。

真的，生命里真的有太多让人觉得熬不过去的苦难了，可当你真的咬咬牙去做了的时候，你就会发现：你经历过的所有苦难，都会照亮你的未来，只要坚持下去，就会看到希望，熠熠生辉的未来，在向你我招手。

■ 哪有什么一帆风顺，不过是在咬牙坚持（作者：言冗）

人生好像秀场，站在舞台上的人风光各异，可谁都想象不到他们为了登上舞台做过怎样的努力，受过怎样的苦难。更令人心酸的是，即便你做了努力，做到了最好，也不一定能成为最终走秀的那个人。

收到小依寄来的出版小说时，我正在公司加班。小依是亲戚家的孩子。在她高三的时候，因为成绩一般，亲戚请我去帮她补习。也正是在那一段时光里，我才认识了一个真正的小依。

我曾经羡慕过很多人的成功，羡慕过翻译大家张璐，羡慕过著名的小说家匪我思存，羡慕过主持人董卿，羡慕过那些好像天生就一帆风顺，家境好、皮相好，性格也讨人喜欢的成功者。曾经也自怨自艾过，觉得我就如同这世界上的大多数人一样，什么都是普普通通，什么都是一般，可小依让我真正明白了那些突然之间成为众人膜拜的偶像背后，藏着多少鲜为人知的艰辛。

在名不见经传的小镇上，小依就如同千千万万个普通家庭中的普通孩子一样，爸妈的嘴里永远都有一个别人家的孩子。在爸妈眼里好像她做什么都没有别人好，做什么都是不务正业。

小学的时候，学校举办了一次作文比赛，刚上三年级的小依因为一篇散文突然大放异彩。三年级的学生，甚至连记叙文都不明白是什么文体，小依竟然写出一篇不合年纪的散文。刚开始，所有评委都觉得小依很有灵气，但没过半天，他们便开始怀疑这篇散文是否是她独立创作。

那时候，互联网还没有普及，学校教条死板，评委们一致地凭着自身的直觉，没有给小依任何解释的机会。他们都觉得，三年级的小孩子或许连散文是什么都不知道。最后，他们直接取消了小依的参赛资格。原以为事情就会这样平息，可古板的评委团直接把这个问题上升到品行不端，甚至找了小依的家长入校谈话。

人们都说小孩子不懂事，可就算是小孩子，在家长的教唆下也会说一些直白伤人的话。家长们都告诉自己的孩子，不要和小依一起玩。慢慢地，她由一个原本活泼充满灵气的姑娘，变成了独来独往的怪小孩。

生活的快节奏让父母无暇关心孩子的心理活动，只会关心她的成绩，可倔强让小依的文学梦并没有就此熄灭，反倒因为在学校被孤立，她将所有的情绪都倾诉在文字里，现实是一个世界，文字便成为了她另一个家，给她鼓励，帮助她成长。

后来，小依便如同每一个你我。她考入一个一般的初中，度过了中考，迎来了三年高中。她每天坚持写作，每天都在睡前看书，每当闲暇时间她便跑去图书馆一本书一本书地读，认真地做读书笔记。

一个阳光柔和的下午，沉浸在传统文学中的小依，突然看到一个和她年纪相仿的女孩手里拿着一本花皮杂志，封面是漫画版的青年男女。青春期的孩子，难免会对这些内容感兴趣，一向内向的她像着了魔一样朝那个女孩走去，红着脸问了杂志的名字，接着怎么也挪不开脚，愣怔地站在原地。

被问的女孩性格很是开朗。女孩善意地请她坐下，和她说了杂志的具体内容，以及那些她从未见过的青春小说文体。她像是发现了新大陆一样，被女孩谈及的事情深深吸引。末了，女孩略微沉思，笑嘻嘻地朝她说，这一期的杂志上刊登自己的一篇小说。

如果说接触一个新的世界足够让她震惊，那么小说的作者就在身边，这更让她难掩仰慕之情，她和女孩互留了联系方式，想象着自己有一天也可以和女孩一样，自己的作品出现在杂志上。

从那以后，小依每当有空闲时间都待在房间里，从来没提过要求的她，第一次让爸爸在她房间安一台电脑，爸爸以考入年级前三名为条件，小依一口答应下来。就这样，她每天忙忙碌碌，早上六点起床，晚上一点睡觉，每当感到困的时候，她就拿出稿纸自己不停地写那些光怪陆离的想法，在文字的世界里徜徉。

因为没有接触过这个行业，她单纯地将纸稿交给那个女孩，默默数着日子等待结果，可一周、两周、三周，那个女孩告诉她，没通过。

期末考试即将到来，她用尽了全力，还是无缘前三名。她哭得声嘶力竭，也不知道是因为被退稿，还是因为没有达到理想的成绩，爸爸还是给她安了一台电脑，鼓励她继续前进。

忙碌的高三即将来临，也就是在高三的第一个寒假，我来到小依的房间，看她倔强认真的面庞在荧光屏前一字一句，十指飞舞像极了一个挥刀执剑的战士。

小依的生活陷入了平静之中，她还是会在闲暇时间去写小说，还是会在休息的时候去图书馆看花花绿绿的青春杂志。只是现在的她，心里平静，文学梦想的种子在忙碌生活的浇灌下生根发芽，越长越大。

可人生也像这小说，老天让我们曲折，我们便只能曲折。小依在偶然的一天，翻开那本熟悉的杂志，映入眼帘的是自己上周刚刚发给那个女孩的小说，可作者署名并不是她。她平静的世界轰然倒塌，心像是被钝刀一下一下重重锉着，钝痛让她突然没了信心。

除了文章被盗，更让她悲伤的是被志同道合的朋友欺骗，她可以接受失败，可以接受批评，却不可以接受背叛。

我再次见她，距离高考还有一个月，她不再每天看书，不再去碰除了学习之外的任何东西。在补课之余，我终于问起了原因。

"为什么不再写小说了呢？"

"因为要高考了。"她冷漠地回答，语气之间充满了疏离，但更多的是毫无生气。

我沉默了一会儿，接着说："坚持了那么久的梦想，陪了你那么久的朋友说不要就不要了吗？"我仔细看着她的脸，心里其实也没有把握能说服她。

她突然大哭起来，声音悲恸："她为什么要骗我？还是在我这么珍视的梦想面前。"

我轻声安慰道："你最初写故事难道只是为了发表

吗？难道只是为了享受那些虚荣吗？"

她擦了擦泪，嘟囔道："我喜欢写故事的时候那个自己，敲击键盘的声音让我感觉自己就像一个勇敢的战士，在开辟一个只属于我的世界，它陪伴着我，在我孤单时它温暖我，在我伤心时它也陪我流泪，在我……"她说着说着突然顿住，抬起头猛然说道，"我不是为了那些名利，我只是想给故事一个家。"

"是啊，所以就算前进的路艰难一点又如何呢？坚持了这么多年，你何曾抱怨过？"

"嗯，我以前从未抱怨，我只想做得更好，写不完一个故事我就努力写完，写不好我就多看多练。"

"人生就是这样，很多人一生有过很多梦想，可他们没有坚持，只会在遇到挫折时抱怨，我希望你和他们不一样，我喜欢你的倔强，喜欢你认真的模样。"

她破涕为笑，郑重地冲我点了点头。

从那天起，小依依旧忙碌在高考的备考中，但整个人焕发出真正的光彩，她认真学习，休息时间便一心沉醉于梦想之中，她不再抱怨投出去的稿件石沉大海，不再关心成绩的起落，只是认真对待每一件事，不抱怨，不放弃，遇到挫折只会去找寻解决方案。

上帝从不会亏待任何一个努力的人，小依如愿考入自己理想的大学，选了自己喜欢的中文专业，开始崭新的生活。

大学期间，小依变得活泼，因为看过很多书，文字功底强，她入选学生会，结交新的朋友，可不管她的生活如何多姿多彩，她都没有忘记自己心里那棵叫作梦想的植物，她要用自己的实力去浇灌它。

可追梦总是辛苦的，一次次地被退稿。鼓起勇气点下邮箱的发送键，等来的却是一次次的"抱歉，很遗憾，有机会再合作"。

如果是十八岁的她一定会悲天悯人，因为这些事而颓废几天，可她已经二十多岁，如果抱怨就能过稿，如果抱怨就能让她写出令人满意的作品，那还要那些努力，那些夜以继日的死撑做什么呢？她告诉自己，先接受失败，不就是被退稿吗？找到自己的缺点就好了，只要这次比上一次做得好一点，就一定能达到过稿的标准。

她在心里暗暗较劲，牺牲了和同学们出去疯玩逛街的时间，也因为这样丢失了很多所谓的朋友，但她知道这就是生活，选择就意味着放弃，坚持就意味着孤寂。

人们常说，做选择很难，放弃一个喜欢的东西真的很难。可他们忘了，比轻言放弃更难的是夜以继日，日日焚膏继晷，每天坚若磐石地坚守在筑梦的路上。这条路艰险漫长，孤寂荒凉，可它也步步生莲，如鱼饮水冷暖自知。

我们每个人都曾和小依一样平凡普通，因为某天的一个时机，突然就有了一个兴趣。我们满怀信心地开始，自以为能坚守到地老天荒。慢慢地，我们也会像小学时的小依，受到质疑，受到不明不白的疏离，受到来自世界的恶意；慢慢地，我们也会像中学时的小依，受到朋友的背叛，同行的嫉妒，丰硕的成果被突然夺走；慢慢地，我们也会像大学时的小依，因为自身的实力，一次次被人说抱歉，一次次被拒绝，一次次看着机会白白溜走。

可并不是每一个人都是二十岁的小依，不忘记自己最初的梦想，不忘记自己孤单时梦想给予我们的力量。我们也不一定会像小依一样勇敢、不抱怨，甘愿沉寂，甘愿充实自己坚守在筑梦之路。

威尔·鲍温曾说："抱怨是在讲述你不要的东西，而不是你要的东西。"人生何尝不是这样，又有多少人在抱怨的时候丢失了原本还可能实现的梦想呢？

几个月后的某一个周日，我突然收到小依寄来的邀请函，她已经成为备受瞩目的青年作家，来到当地的大学演讲。我坐在会议室的最后一排，恍惚之间，我似乎又看到那个倔强认真的小女孩，十指飞速敲着键盘，一丝不苟的样子。

其间，主持人问了她一个问题："您毕业于名牌大学，又在大学毕业顺利签下自己的第一本小说，看起来真的是处于我们这些普通人难以企及的高度，您这样的成功是不是只是例外呢？"

台下的学生突然安静，没想到主持人问出了他们心里的疑问。

我抬头注视着大屏幕里的小依，她倔强的眼睛一闪一闪，声音坚定道："哪有什么一帆风顺，我不过只是咬牙坚持了下来。"

■ 我不是上帝的宠儿，但我是自己的女王（作者：木木）

不是每个人都能幸运到握着自己描绘的未来出生，即使拥有得天独厚的优越条件，也未必是自己想要的样子。所以想活出真实的自己，掌控自己的人生，没有人不需要努力，需要的是加倍的努力。

木和 Roy 是好姐妹，也总以难姐难妹相称。姐妹俩性格迥异，木人如其名，略微有点儿木；Roy 表面略微有点强势。连接两人的纽带是命里带衰，能避开所有的好运气。所以，她们发誓将来面对每一件事情都要付出比别人更多的努力，争取自己想要的结果。

略感欣慰的是，木和 Roy 是同年级成绩靠前的学生，在老师和同学的眼里也是名副其实的好学生，拥有着好学生的"标配"。

但是，只有能真实感受和理解彼此的两个人才知道，看似完美的结局是怎么得来的。毕竟两人都曾平凡，一无是处，至少她俩都这么认为，所以她们相约努力再努力。

Roy 还好，家境不错，父母都有体面的工作。但是从小她就有着大大的梦想，所以她并没有满足于自己的现状，而是像蜗牛一样，保持着一步一步往上爬，永不停歇的姿态。因为她相信总有一天会找到属于自己的天空。即使跌倒，即使跌落，即使跌得头破血流，总能用满意的结局风干曾经的哭与泪，苦和痛。

木和 Roy 是高中时认识的。高一开学伊始，她们班的大多数同学仍然沉浸在中考好成绩的喜悦中，Roy 已开始处于为高考做准备的状态，难得的闲暇时间，她大多是和木两人读读喜欢的名著，或者在风和日丽的时候和木结伴去附近的山上找一块平平的石头，安静地躺着，听听风声、鸟鸣声和泉水的叮咚声，仅此而已。

高考 Roy 同样取得了好成绩，考入一所重点大学。她仍旧坚持着一贯的努力，完成了专业最好的硕博连读，进了适合自己的工作单位，嫁了大学时候相识的男友，一切都美好得不可思议。

木相比起来却差一点儿，她来自一个偏远的小山村，小学每天往返 8 公里的山路。从初一开始了住校生涯，她家在学校目光能及之处最高山头的山脚下。她从小体弱多病，一直一副营养不良的样子，所以一直比较木讷。

木上初一时 11 岁，本就瘦小的她，骑着一辆旧"二八"自行车，出了大门就一路下坡狂奔到学校，还时不时被一种野草的果实扎破车胎，只能一路推着自行车到学校或者回家。初中时路途更远，单程 10 公里。

周五放假的时候才是最痛苦的，一路上坡，木体质弱，自行车又大又重，也就能骑个三分之一的路程，剩下的全靠推着车驮着书包回到家。

周末木还会和父母分担家务，帮父母放羊或者放牛，中午给下地干活的家人做顿午饭。最早的时候木都是踩着板凳站在炕边揉面蒸馒头。

日子苦不苦不在于生活是否艰辛，不在于路途是否遥远，也不在于物质生活是否富有，而在于有没有奔头，有没有自己想要一步一步变得更加美好的愿望。

木虽然拥有着贫寒的家境，有着小小年纪不能承担的命运之重，面对本不属于如花年纪应该面对的生活琐事，但是她从没觉得自己该抱怨上天的不公和命运的刻薄。反而她总是暗暗庆幸家庭和睦，父母健康。庆幸在几乎年年拖欠学费状态下，父母没有放弃对她的教育，没有让她像同龄的女孩子一样早早辍学。

所以，在学校，木总会比别的同学用更多的时间来温习功课，这样她才能腾出时间在周末的时候帮助父母干点儿农活。

好在结局都是好的。木也考上了重点大学，读了不错的专业，虽然她没像 Roy 一样硕博连读，她只想早点毕业挣钱减轻家里的负担。

每个人都有着独一无二的先决条件，每个人也拥有着只属于自己的未来蓝图，那大多是安静的时候自己在心里临摹刻画无数次的梦想中的样子。但是连接起点和终点的过程都需要一步一步的努力才能到达。耗时可能有长有短，有人会顺利一点，有人却会艰辛一点。但是不要抱怨，不要放弃，不要妥协，不要迷路，我们总能到达终点，成为自己想要成为的样子，成为指点自己江山的女王。

用力地努力，用力地争取，才能坦然地面对，顺其自然，活出独一无二的自己。在这个过程中，我们需要用心发掘自己的独一无二，拼命呵护自己的独一无二。

所以别为自己的优点不如别人多而懊恼，只不过你的优点还未被自己和时代所发掘。这个艰巨的任务只能交给你自己，也只能由你自己来完成。所以，别抱怨命运的不公，别只盯着上帝随意一抓丢给你的最初的样子。

如果十年之前或者更早，你为找不到改变自己的前途和命运的方式而苦恼，还可以被原谅，毕竟那时候人类的需求比较单一，对人的才能的需求也比较集中。

现在已不同过往，将来会更突出，因为互联网的参与，人的需求可以被精准定位。所以每个个体的特长，都能找到用武之地。所以，将来只要你有想法，只要你敢作敢为，就能有属于你的空间去实现自我。

毛毛是个乖巧漂亮的女孩子，大学读的美术专业。她是家中的独生子女，父母经商，虽然每天很忙，但从没有因为生意而耽误一丝一毫对她的照顾和爱护。二十几岁之前，说她是幸福的公主一点也不假。

然而命运总是这样，像大海的波涛，时不时会狠劲地冲击一下。有时甚至会让人吃不消，狠命地跌倒呛水。

大学毕业后，许久没有联系的高中同学们聚到一起，大家疯狂地追忆着那段美好的青春岁月。已经褪去高中时青涩的毛毛，变得更加漂亮文雅。曾经很倾慕毛毛的同学阿刚，这一次更是坚定了追求毛毛的决心。

阿刚高中毕业之后读了专科，因为家里的关系，他只读了两年就到社会闯荡，进入一个大型国企单位，收入还不错。

因为早早步入社会，阿刚在同龄人中，有着不同于大家的成熟和睿智。再加上本身外形不错，对毛毛的关心又无微不至，所以很快，毛毛就沦陷于阿刚的糖衣炮弹中。

他们二人都有着出众的外形，走到哪里都是耀眼的一对。

如果故事按照这个情节发展下去，公主和王子会过上幸福快乐的日子。不过，事情更多时候是出人意料的。太早踏入社会，太早失去束缚，人总是更容易迷失自己。阿刚就是最好的例子，他在工作之余，竟然染上了赌瘾，不仅对工作失去了兴趣，还输光了家里的存款。

毛毛多次劝说无果，变得也很消沉，每次我们见面，她都会喝得烂醉如泥，哭诉自己的烦恼。我们也很无奈，但日子还是照旧过着。本以为过段时间，阿刚会悬崖勒马，然而，阿刚并没有变好，反而变本加厉，在心情混乱时甚至对毛毛拳打脚踢。大家都劝毛毛离开，但她总觉得阿刚还能回到从前，毕竟那时候的记忆太美好。

半年之后，毛毛怀孕了，她坚持要生下这个属于自己的孩子。可阿刚还是一如既往地过着人不人鬼不鬼的生活。在没有举行婚礼的情况下，毛毛生下了她的女儿朵朵。可是阿刚和他的父母都不怎么喜欢这个孩子，私下里总埋怨毛毛擅自做主生下孩子。

都说女子本弱，为母则刚，这一次毛毛终于下定了决心要离开阿刚。

她说到做到，和阿刚离婚之后，独自带着女儿离开。她租了房子，搬离了父母家。把房子隔出一半开起了私房烘培工作室。毛毛是学美术的，她的专业应用在她的烘培事业上，简直天衣无缝。她做的蛋糕可以满足顾客不同的画面要求，纯手绘的图案，个个都精致无比。

之后每次见面，毛毛都一扫脸上的阴霾，变回了曾经那个活力和乖巧完美结合的女孩子，只不过她的身边多了一个乖巧伶俐的小公主朵朵。

毛毛的工作室越做越大，拥有着稳定的客户群。朵朵也在一天天地长大，毛毛重拾了自己阳光温暖的样子。

做自己的女王的女人，毛毛应该算一个。拥有着自己的小事业，掌控着自己的人生，还有自己的小公主，不是女王是什么？如果没有命运的当头一棒，或许她也算一个上帝的宠儿，可是上天的眷顾从来都少得可怜。照顾了你的童年未必照顾得了你的成年，照顾了你得前半生或许就顾不过来你的后半生，想起或者轮到你的后半生，前半生你已吃了该吃的苦，受了该受的罪，承受了该承受的艰辛。

每个人都是自己人生影剧的唯一主角，容不下任何一个的替身，再艰难危险的镜头都需要自己去演绎，任何细节都得自己慢慢回味和体验，欢笑泪水都来自自己。所以，能一生都得到上天庇佑的机会微乎其微。与其守着那份概率很小的等待，何不勇敢前行？努力追寻自己的理想，为梦想打下扎实稳定的基础。活出自己想要的样子，做自己生活和精神世界的女王。

■ 你那么有才华，怎么能不受苦呢（作者：三耳姑娘）

每一个春风拂面的日子，每一个笑逐颜开的瞬间，每一个光鲜亮丽的外表之下，都藏着不为人知的艰辛。那些锋芒毕露的才华，都刻着你曾经走过的坎坷与崎岖。

得知阿洁住院的消息是在一个深夜。犹记得那日深夜，我正在赶稿子，突然收到了阿洁的短信。短信上写着："亲爱的，我脖子上长了个瘤哟。"阿洁轻松俏皮的语气，让我很生气。

这么大的事情，她竟然还以这样的语气，真不知道是该说她没心没肺，还是该说她乐观向上。犹豫了许久，我才斟酌着问她，"是良性的吗？"

她回复我，"是的哦，放心吧。"

看到她的回复，我深深地呼出一口气，悬着的心总算放了下去。

她还是和与我初识时一样，开朗乐观得让人羡慕。

我与阿洁相识于网络上。五年前，我们都是刚接触文学的小透明。这个圈子优秀的人太多，随便一抓就是一大把。而阿洁与我就是在这种时代背景下，于一个聊天群里认识了彼此。

认识她之前，我对青岛了解甚少，认识她之后，我才发现青岛的姑娘行事风格竟然如此雷厉风行！

在上百人的群里，阿洁每天都活跃着。直到一天，她突然找我单聊。原来群里有一位姑娘因为个人利益，做了一些不太好的决策，阿洁知道后想要退群。虽然我努力劝了她半天，但最后还是没劝住她，她退群了。只不过在退群之前，我们互相添加了好友。

虽然我们没有问过彼此身上的故事，但可以确定的是：我们都是有故事的人。

网络成为了连接我们的唯一纽带。那时候我们从来没有想过网络对面的那个人究竟是什么样子，又有什么不为人知的故事。

我们认识的第二年夏天，我遭遇了工作上的一些发展障碍和瓶颈。那日下午，情绪低落到抑郁的我，忍不住找阿洁聊天。

那一次，我听阿洁聊起了她的身世。原来阿洁的父亲在她很小的时候就过世了。阿洁从小跟着妈妈和姥姥生活，妈妈一个人负担着阿洁的吃穿住行。虽然妈妈没有说过，但阿洁知道妈妈很辛苦。

为了早日分担妈妈的辛苦，也为了让妈妈过上轻松的日子。阿洁把自己最热爱的画画放下了，她重新拿起课本，开始死记硬背那些看不懂的数学公式。她想只要她努力、再努力，就一定可以早日考上好的大学，学到更多的技能。

然而，明明带着艺术天赋，偏偏要靠实力赢得喝彩。阿洁凭借着自己的一股韧劲，最终以文化课的优良成绩考入了海事学院——一所军事类院校。进入学校后，阿洁并未忘记自己的目标，也从未放弃过自己的兴趣爱好。

每天完成学业内的课程外，她还抽出时间重拾画笔，一有空闲时间就背着画板四处采风作画。

正是大学时期练就出来的画工，使得后来的她能够取得不凡的成绩。阿洁给自己安排的大学任务相比同班同学已经高出一大截，然而她依然对自己的现状不满意。她告诉我，那时候画画也有倦怠的时候，而时间不能用来浪费，于是她泡在图书馆里。

人们常说，大学是一座熔炉。不管是高考状元还是压着线进来的学生，在大学这座熔炉内，历时四年的冶炼，最终能发光的却寥寥无几。我想阿洁一定是那寥寥无几中的一员。

当我把这些话告诉阿洁时，阿洁却摇了摇头。她说，世界对每一个人都是公平的，那些自身闪着光芒的人，背后一定经历了常人所无法忍受的痛苦。

原来，阿洁即便是每天泡在图书馆，依然需要不停充实自己的专业知识，尤其是设计能力。设计与画画是两码事，画画需要天赋，设计需要笔耕不辍的练习。别人到了快上课的时间才起床，阿洁却每天五点就起床。别人下午没课就睡觉、打游戏、逛街，阿洁则一个人在教室自习，在图书馆翻阅资料。

别人邀请她一起参加聚会，她双眼放光想参加，然而想想自己的目标，自己的未来，最后还是落寞地拒绝了。

阿洁说，每一次落寞的自习，她都忍不住想哭。她不懂，为什么不能像别人那样活得简单一点，活得纯粹一点，哪怕是放任一次也好。

"因为从未经历过你走的路，从未体验过你说的事，从未欣赏过你眼中景，所以，竟然无法给你语言及精神上的安慰。"听着阿洁的故事，我突然想到了这句话。

阿洁的努力，让她活得毫不费力。

毕业之际，别人都在焦头烂额地投简历、找工作时，阿洁很快就拿到了某知名公司的聘用通知书。看着聘用通知书，阿洁才终于松了一口气。

后来，阿洁说，社会就是这样的。他们看不到你的努力与辛苦，只看你是否取得一定的成就。

因为那些年的辛苦，阿洁才得了病。

收到短信的第二天，我买了最早的一班火车赶到了阿洁的城市。群里小伙伴们说说笑笑地询问，为什么阿洁最近不出现了。少了她，好像少了很多乐趣一样。没有人知道，阿洁其实患有轻度抑郁症，这也是诱发疾病的主要原因。

当我出现在病房门口的那一刻，阿洁的眼睛里闪着惊讶的光芒。她忙不迭地掀开被子，跑到我面前，给了我一个大拥抱。

"亲爱的，你怎么来了？太突然了！"

"我怕你想不开啊。"

"怎么会？我这么心大的人，才不会想不开呢。"

看着阿洁脸上的笑容，我没有拆穿她。她敏感又爱憎分明，她渴望朋友的关怀，又不愿意多说。

那晚，阿洁第一次说起了她爸爸，那个在她生命里只出现了一刹那就消失了的男子。虽然那个男人只出现了一刹那，却教会了阿洁坚强。我们认识的时间虽然不短，但真正接触的时间很少。

阿洁的手术很成功，医生劝诫她以后要开心一些，不要什么事都放在心里，哭出来也是一种发泄。医生不知道，阿洁在自己爸爸的葬礼上都没有哭过。

火车站返程的那天，我告诉阿洁，以后不开心的事一定要说出来，就当让我开心了。阿洁拍着我的手臂，说我没良心。其实，我看到了阿洁眼角湿润了。

自那日后，我们分别投入了繁忙的工作中。我一直关注着阿洁的状态，她把设计师的工作辞掉了。让我羡慕的是，她之所以辞掉工作，是因为她的文章被电视台采用了，并且她和电视台签了合作合同，以后每周她都需要写稿子给电视台。我羡慕着阿洁可以放手一搏，终于过上了自己想要的生活。

两年前，阿洁突然告诉我，她主编的电影开拍了。那一刻，阿洁已经不止是我羡慕的那个人了，她甚至活成了我的标杆。在我们还找不到自己的人生定位的时候，阿洁已经走上了编剧之路。

那一年，阿洁拖着行李箱北上找我玩。三天三夜，我们仿佛有说不完的话。

电影已经上映了，电视台的稿子依然写着，但阿洁没有放弃努力的脚步。

除了这两件事，阿洁还自学成才，自己开了一家美甲店，因为她的天赋与专业，美甲店的生意异常火爆。不仅如此，她还自学了汉服的制作，穿着自己做出来的衣服，竟然格外美丽典雅。

去年，阿洁辞掉了电视台的写稿工作，也从编剧岗位上退了下来。我问她为什么这样选择，很多人努力了很久都争取不到的机会，她怎么轻易就放弃了。

阿洁说，创作是不停歇的，然而才华是需要日积月累的。在这个年纪，她依然需要充实自己。妈妈与姥姥已经年迈了，也需要她的陪伴。她曾凭借自己的能力，带着妈妈出去看了风景。现在，她想做些更有意义的事情。

我没有问她更有意义的事情是什么。在阿洁的人生词典中，她做的每一件事都是有意义的，她从未放弃过生，更未放弃过梦想。也许有人会说，阿洁那么有才华，怎么能不受那些看不到的苦呢？我却想说，如果不是坚持付出那么多的苦，怎么能那么有才华呢？

芸芸众生，普通一员，才华是人与人之间唯一的区别。一个人付出多少汗水与功劳，就相应得到多少。

这世间永远不存在不劳而获，那些既不愿意付出努力，又不愿意付出辛苦，却想要得到收获的人，多半是在异想天开。

人生路多半充满艰难险阻，而我们只有用尽全力，拼一股劲，才能取得 1% 的才华能量。而余下的 99% 依然需要我们不遗余力地去争取，去积累。人生就是这样，当你不努力，那 1% 也会被别人取代。

生活多半是残酷的，止步不前只会被潮流遗忘。我们只有始终保持前进的状态，抱着学习的态度，才能最终不被历史的泥沙掩埋。如果再幸运一些，刚好取得了一些才华，那么恭喜你，你的人生终将灿烂辉煌。

■ 愿你受过的伤终能成为你的勋章（作者：慕然瑾）

当你羡慕那些明星在舞台上闪着耀眼的光，当你对着那些名作家望洋兴叹，当你迷恋的歌手们不仅唱出动听的歌，还写出优秀的作品时，你有没有想过他们是经历过怎样的人生，通过怎样的努力才迈向成功的？有人会被失败打败，有人则将悲愤化为前行的动力。

当小溪告诉我，她与一家音乐公司签约的时候，我居然激动地哭出来，我走到她身边给了她一个大大的拥抱，说："我早就说过你会成为歌手嘛。"

小溪给我擦着眼泪笑着说："我都没哭，你哭什么啊！早知道你有未卜先知的超能力，我就不用这么辛苦地前行了。"

我开心地笑了起来。

大概只有我知道，小溪这一路走来是多么不容易。

初识小溪的时候，我才十二岁。那个时候的小溪温柔善良，害羞腼腆，特别爱哭。初中开学第一天，我很早来到教室，看到了同样早来的她。她朝着我微笑，露出两个浅浅的酒窝，我被她那温暖的笑容吸引住，便主动上前和她打招呼，交换过姓名后，在等别的同学和老师来的间隙，我们随意聊了起来，没想到她和我聊得十分投缘，当时我就觉得我们或许能成为一辈子的朋友。后来分座位，她被老师安排在了离我不远的地方，那天起，我与小溪便形影不离。

那时的我，只是觉得小溪很特别，她虽然长着一张稚嫩的脸，却有着与同龄人不相符的成熟，眼神里尽透着沧桑。那时的我们对一切新的事物有着强烈的好奇心，也很喜欢结交新的朋友，而小溪对于这新奇的世界并没有什么探究的欲望，也很少结交朋友，除了我之外，她几乎没有别的朋友。

平时沉默寡言、郁郁寡欢的她，只有考试才能让她开心起来，每当要考试时，我能看见她黯淡的眼睛里突然有了光，我想大概是因为她每次考试都名列前三吧。可是成绩这么优秀的她，每次开家长会父母都不来，来个家长的话也只是她爷爷，有同学好奇地问过她父母为什么不来开家长会，她总是沉默着，一言不发。

那个年纪的我对很多东西都还懵懂，而小溪却已经能像大人一样指引我，为我指明方向了。

我不知道小溪有怎样的故事让她如此与众不同，因为是好朋友我更不敢多问，怕一不小心戳痛了对方。有段时间，我看到小溪每天红肿着眼睛来上学，上课上得好好的，突然流下泪来，便再也忍不住将心中的疑问问了出来，我希望能帮助她。放学后，小溪拉着我去操场，我坐在她对面，静静地听她倾诉。

小溪说，其实她早就想和我说一说家里的事了，只是怕我不愿意听她说这些烦恼，也怕说完之后我会因为她的家庭不再理她，我笑了笑，让她不用担心，并告诉她无论发生任何事情都不会影响我们的友谊，她这才放下心理包袱告诉了我一切。

原来，她从小是爷爷奶奶带大的，虽然不是孤儿，但胜似孤儿，父母一直在外做生意，对她不闻不问，偶尔一家三口见一面，父母还吵得不可开交。父母的感情从她记事起就不好，每天都要吵上半天，双方吵架时还不忘将小溪辱骂一顿。小溪每天以泪洗面，她不懂为什么自己如此努力，父母还要骂她，她感受不到家里丝毫的温暖，加上异常敏感，性格变得极其内向，不愿与人多交流。爷爷眼看她这样下去就要抑郁了，极力把她从父母身边要过来抚养，从那以后，爷爷奶奶就替代了她父母的位置。只是她奶奶因为不喜欢她妈妈，所以对她并不友好，全家只有爷爷心疼她，这也是为什么每次家长会，只有她爷爷会来。小溪的声音颤抖着，一边说，一边流泪，那一晚她似乎想要将所有的苦水一倒而空。

我永远记得那天，那是个夏天的夜晚，漆黑的夜空中，繁星点点，微风阵阵，我与小溪第一次促膝长谈，蝉鸣声不断，我的内心却感到无比安静。

小溪说："我唱首歌给你听吧，你好像还没有听过我唱歌呢。"

于是我仿佛听到了全世界最动人的声音，原来小溪不仅成绩优秀，人长得漂亮，唱歌也很好听。正在我惊诧之余，小溪又说道，每当父母吵架，心情不好时，她就喜欢用唱歌来缓解悲伤的情绪，意识到哭解决不了问题，索性后来就不哭了。

我开玩笑说："你以后说不定会成为歌手哦。"

小溪高兴得手舞足蹈起来："我的梦想就是成为歌手呢，我想用歌声治愈和我一样的人。"

初中毕业，小溪如愿以偿上了市重点高中，而我因为差几分和重点高中失之交臂，就此和小溪分开，但是我们仍然书信联系着。信中的她越来越少诉说家庭的烦恼，也很少说自己的心事，主要是说些有趣的事以及自己的学习状况。高二的时候，小溪告诉我她已经考进学校里的重点班，我打心眼里为她高兴。高三阶段，由于学业繁重，我们便断了书信往来，一心扑向高考，我以为小溪已经走出家庭带来的阴影，重新快乐起来，直到高三上半学期结束，接到小溪的电话，听到她哭得稀里哗啦，喘着气儿和我说她父母离婚了，我才知道她家庭并非我想象中那般和谐。我约了她，地点依旧在我们初中的操场上，只不过这次是在冬天，寒风刺骨，看见她的时候，她十分清瘦，身上的衣服也是几年前的旧大衣。我们在操场上慢慢踱着步。

我怪她："这么多烦心事怎么不跟我说呢？自己一个人要承受多大的苦痛。"

她无奈地说道："没什么的，难过的时候就唱唱歌，或者黑夜里在无人的街道上走走就好了，我也不是几年前那么软弱了，一切痛苦都可以化解在歌声里，"她露出笑容，"这样压抑的情绪还可以促进我提高练歌的频率呢。"

我心疼地说不出话来。

她告诉我，为了迎接高考，她已经一个人在外面租房住了，不靠爷爷奶奶，更不靠爸爸妈妈，只靠自己。突然间，我觉得小溪长大了，不再像以前那样柔弱，也不再像以前那样敏感了，她在逐渐变得坚强勇敢。

高考，小溪毫不费力地考上了外省的名牌大学，并且上了自己喜欢的日语专业，我们都在为离家而伤感的时候，她却很开心地跟我说，终于可以远离家，安静的钻研她自己喜欢的东西了。

她说其实高三那段时间，父母离婚很影响她的心情，有几次考试都考了班里二十几名，那个时候根本不想学习，觉得即使优秀，依旧挽回不了父母的感情，挽回不了这个家，也不能让父母多关心她一点。那段时间她很想放弃生命，甚至过年的时候趁家里人不注意，关起房门拿起刀准备割腕，可是就在刀碰到手腕的时候，她想到关心她的爷爷，关心她的我们，还有她炽热的梦想，她不能让生命就这样不明不白地结束。她又想起海明威写的经典语句：人可以被毁灭，但不能被打败！于是她默默地放下刀，一个人在房间里哭得歇斯底里。哭完之后擦干眼泪，她忽然就看开了，从此以后抛开家庭问题，更加努力地热爱生命，更加奋发，最终以年级第三的成绩考上了名牌大学。

大学期间小溪不忍心再跟年迈的爷爷要一分钱，父母也只给她交了学费，好在小溪一直成绩优异，奖学金加上业余兼职赚的钱，便足够她用了。累了的时候她也不抱怨，她知道自己无路可退只有咬牙坚持，她忍受着同龄人无法忍受的心灵之苦，背负着梦想与希望，一路前行。因此她在大三上半学期，已经把所有的课程都自学完毕，别人大四才能考过的日语等级考试，她大三就以高分考过了。她还在学生会当了主席，兼职得来的丰富社会经验以及这么多年磨砺出来坚忍不拔的品格，让她在学校里得到越来越多人的认可。

大三下半学期，她兼职之余开始忙活自己的梦想。她在一个专门发表歌曲的网站上发表了自己翻唱的歌。一开始她只是因为想充实生活才开始发歌，没想到越来越多的人喜欢听她唱歌，于是为了让他们开心，她一有空就录歌放到网站上。她的粉丝渐渐多了起来，从十几个到几十个再到几百个，大四快毕业的时候粉丝居然涨到了一万个，她已经在小有名气。

小溪有时会和粉丝们说一说近况，说一些自己的故事，粉丝们都会用心倾听，并给予解答，从那一刻起，她的心终于找到了一个可以安家的地方，她觉得自己不再流浪。后来有家有名的音乐公司听了她的歌，很喜欢她的嗓音，于是联系到她，给了她一个当歌手的机会。

我看到小溪脸上流露出从未有过的幸福表情，我也发现这时的她已经和小时候那个软弱无助迷茫的她完全不一样了，她的眼睛里更多的是坚定、自信，脸上也褪去了稚气，生活的磨砺还让她多了份成熟的美丽。

　　小溪发行第一首歌的时候，评论就有"999+"，很多人表示很喜欢她，很喜欢她的歌声，还有人喊她女神，更有甚者以为她一路走来一帆风顺，很羡慕她，小溪选了几个粉丝的评论回复后，便退出了界面，开始准备下一首歌曲的录制。

　　我闭上双眼，仿佛看见年少时瘦弱的小溪，每天带着一双红肿的眼睛来上学，一个人在夜里漫无目的地行走，曾想要结束自己的生命，于是用冰心写的那首诗评论了她："成功的花，人们只惊羡它现时的明艳！然而当初她的芽儿，浸透了奋斗的泪泉，洒遍了牺牲的血雨。"第二天看到小溪回复了我：虽说时间是最好的良药，但过程往往是我们自己啃食伤口，总有一天，我们会抬起头，仰望青空。我的眼角湿润，继续回道：愿你所受的伤，终能成为你的勋章。

　　其实，很多成功者，也正是因为年少时心灵上不断受到创伤，所以学会了自我调节，在遇到困难时越挫越勇。以前受的那些苦，让他们后来不再害怕前进道路上的艰难险阻，不再害怕黑夜的到来。

　　你肯定不会想到布满无数伤口的你，有一天也会光芒万丈！

■ 逆流而上才是人生（作者：凉湫）

人生像一叶扁舟，在时光的长河里浮浮沉沉。它并不是一帆风顺的，偶尔也会遇到骤雨风浪。这种时候，我们只能选择逆流而上，而不是畏惧逃避，要相信只有坚持才能获得成功。

伊人代表她的公司参加省内某所著名大学的演讲会那天，我也去到了现场，看她站在台上有条不紊地讲话，眼睛里像有一簇燃烧着的火焰，那充满自信的身影让我不禁有些感慨，过去那个藏在灰暗里懦弱自卑的她，已经不复存在了。

我和伊人是高中同学，在没有认识她之前，我有过很多朋友，性格活泼的我，在同学们当中极受欢迎，这件事也成为我一直以来的骄傲。

可伊人不一样，她性子乖张孤僻，不爱和人说话，总是一个人独来独往。班上也很少有人愿意接近她，在一众衣着光鲜亮丽的同学中里，伊人衣服上打着众多补丁，显得格外突兀。在我家遇到困难后，我曾经认定的好朋友们纷纷远离了我，只有伊人向我伸出了援手，她把她身上仅有的几千块钱生活费都借给了我，还陪着我慢慢走出了困境。

和伊人走得近了些，我才知道伊人家原本并不贫困，甚至算得上富裕。作为家里的独女，伊人更是备受呵护，从小就没受过什么苦。不仅是学校里有名的学霸，琴棋书画她也样样精通，这样的人生可谓是顺风顺水。

有一年，伊人的父亲投资失败，不仅导致公司破产，还因为负债累累只得变卖所有家产来还债务。

那会儿，伊人的父亲年事已高，很多事都做不得，而伊人还未成年，更承担不起家里的重任。为了生活，伊人的父亲跑去工地做苦力，母亲在家绣鞋，赚到的钱也只能勉强维持生计。从那以后，伊人开始学会省钱，除了日常必要的费用，她不舍得多花一分钱。

对于家道中落这件事，伊人虽然表面不提，但内心其实十分在意。从人人羡慕到不屑甚至唾弃，这巨大的落差让伊人极不适应。最初的半年，她每夜都失眠，心里难受得像被一根根细针狠狠扎着，自此，她变得自卑，连与人对视的勇气都消失殆尽。

我和伊人走得越来越近，也逐渐了解了她鲜为人知的其他面貌。伊人并不像看上去那么不近人情，她也有一颗炙热倔强的心。

"百日誓师会"的前一个月，学校发布了几个能够保送进入重点大学的名额，伊人是其中一位。

那是伊人一直梦想着的学校，她不仅可以进入那所学校，还可以免去全年的学费，她很开心，把一直攒着的奖学金拿出来，请我大吃了一顿。

第二天，她却收到通知，原本属于她的名额，被同班的一个同学抢了过去，伊人不服，可胳膊毕竟拗不过大腿，只能默然。

后来，伊人只能选择同样免去她全年学费的一所普通大学。

大学四年里，伊人从没有得到过片刻的休息，她不断地学习新的东西来充实自己。在这期间，她更是没向家里要过一分钱，一个人打着十几份工。偶尔也会有筋疲力尽的时候，但她总能立刻站起来整理自己。

在经受了这么多挫折后，她仍然没有丢掉自己对生活的那份热爱和信心，永远保持最好的状态。毕业之后，伊人如愿以偿进入了一家薪资和福利都算得上一流的大型文化传媒公司。

俗语常说，是金子总会发光的，伊人因满腹的才华被公司挖掘。和同一批进入公司的新人相比，伊人拿到的单子是最多的，加上每一次她都能超额完成任务，更加受公司的重用，在公司里伊人显然成了一个有头有脸的名人。

有次伊人与同事发生摩擦，伊人被同事讽刺诋毁，同事说她假清高，言辞不堪。

面对同事的针锋相对，以及莫名泼在身上的脏水，伊人倒是没有多在意。对于工作，她一向勤勤恳恳，本本分分。

伊人的上司却为了伊人出了几次头，私底下还将这么多年的工作经验传授给她，给了她不少的鼓舞。

伊人和上司愈加亲密，两个人无话不谈，渐渐地，伊人对上司卸下了心防，把她当作自己最好的朋友，还把自己很多的想法与策划都告诉了她。

关于公司这一次要制作的大电影，伊人和上司都在编剧名单之列，为了拿下这次的单子，伊人每天都会熬夜到很晚，学习不同的资料，她还做了几百份调查问卷，最后才交出令自己满意的答卷。

伊人把文案交给上司，对于这次的成绩，她可谓是信心满满。

命运从不会亏待有准备有才华肯努力的人，伊人的文案以新颖的手法、缜密的逻辑获得了赞赏，最终打败了许多人成功入选，可这文案的作者署名赫然写着的是上司的名字，她百思不得其解，虽然心里已经隐约察觉到什么，可她仍然不敢相信。

伊人不死心，她满怀期待地望着上司，后者则终于露出了真面目，嘴边挂着的冷冷的笑刺痛了伊人的眼睛，上司说："谁都想成功。"

过了很久，伊人才彻底接受上司的背叛，她知道自己争不过上司，毕竟后者在公司里已经树立了一定的威信，她只能息事宁人，希望有更好的机会。可她从没想过，噩运才刚刚开始。

和上司撕破脸皮后，伊人的文案一直被上司想尽办法拦截，伊人清楚上司不会容忍她超过自己，她挡了上司的路，所以才遭受到上司不断的打压。

为了生存，伊人一忍再忍，直到最后她因为业绩太差而被公司亮出了黄牌，她再也忍不住满心的抑郁。

她甚至发现，她所谓的天赋也在慢慢消失，再也回想不起当初进公司之前的满腔热血，事业和友情的双重失败，让她一蹶不振。

她没有再工作的心思，整天借酒消愁，眼见她这般虐待自己，我抢下她的酒瓶："不过被别人阴了一道，你就打算放弃你一直以来的梦想吗？"

伊人抱着酒瓶哭："不然我还能怎么样呢？"

那是我第一次看见伊人流泪，以往不管受了多大的委屈，她也只是用她瘦弱的肩膀扛起生活的重担，从没有过抱怨的话语，那无坚不摧的模样让我以前没有想过，她也会有这样脆弱的一天。

面对这样的她，我只能低声安慰："就这么放弃你真的甘心吗？如果就这样停止不前，你之前做的所有努力都只能白废，你计划中的美好未来也都打了水漂，而迄今为止，所有积累的掌声和欢呼声都只能成为泡影。这样的你根本就配不上你所拥有的天赋和能力。"看着伊人的眼神开始恢复清明，我才松了一口气，"如果你觉得自己没有退路，就一直向前进，为了你想要的生活，请尽你最大的努力。"

伊人被我的话打动，终于摆脱了现实的阴影。第二天她向公司辞职，走的时候她没有回头，也不曾有一丝留恋。

离开公司的第二年，伊人和朋友拍的一部青春微电影在网络上一炮而红，积攒了不少的关注度，许多文化公司都向她抛出了橄榄枝，她没有接，而是用她拍电影赚到的钱，自己开了一家公司。

公司门面虽然不大，但因为伊人制作了许多让人拍手叫绝的电影，而有了一定的影响力，她也成了一代成功人士的传奇。

生活之所以迷人，是因为它充满了不幸，却又足够幸运，我们都不知道下一秒会发生什么。

张爱玲说过："长的是磨难，短的是人生。"

在这充满了磨难却又短暂的人生里，没有人永远都是一帆风顺的，在这条路上，平坦的现象只能生存一时。

有许多人，他们衣食无忧却不懂上进，遭遇突变时只懂得一味堕落，再也拾不回昨日的光辉；有许多人，他们出身贫寒却甘于命运，遇见转机时都不懂把握，错过了可以改变人生的机遇；也有许多人，他们经历了种种磨难，不断战胜自己，磨炼自己，不甘于屈居命运的魔爪之下，最终一步步迎来光明。

我曾经一度迷恋贝多芬曲子里的宏大澎湃，作为世界音乐史上最伟大的作曲家，在音乐事业的巅峰时期，他失去了听觉。他也有过短暂的迷惘，可他并没有屈服于命运，而是创作了更多令世界为之颤抖的作品。

这是一种不屈的意志，而这种意志也会产生巨大的力量支撑，它能滴水穿石，更能使铁杵磨成针。

伊人的演讲结束后不久，有杂志社因她的事迹，专门跑去采访她。

面对记者追问她成功的秘诀，她没有多说，思绪瞬间闪过，过去的种种一幕幕清晰地刻在她的脑子里，经受过的痛苦，不断地苦苦地挣扎着的想要逃脱的日子，似乎都在渐渐远离。

看着记者期待的表情，她扬起了头，语气里充满了坚定："逆流而上，才是人生。"

■ 何处生活不苦楚（作者：言冗）

《阿甘正传》里说，生活就像一盒巧克力，你永远不知道你会得到什么。是啊，人生总是充满未知，有时我们抱怨生活的艰辛，有时又感谢此刻的宁静。可我想告诉每一个人，生活不总是惊喜，人生何处不苦楚。

北京深夜两点，我突然接到来自闺密的电话，她哭着告诉我，她刚下飞机，落地后的一个小时都没等到一辆车，身上还穿着尼泊尔夏装的她，就这样在深秋的北京深夜里哆哆嗦嗦被经理劈头盖脸骂了一通。

本以为厄运就此结束，可回到家发现因为忘交电费，物业竟停电停水，漆黑一片的廉租房里愈发让她感到孤独，去超市回来的路上，新买的高跟鞋踩进下水道缝隙，她摔了一个跟头，刚买的满满一包东西都飞到了马路上，碰巧疾驰而过的跑车直接将所有东西撞飞，里面的水也被碰裂开来，洒了她一身。

小洁说，她不知道该打给谁，只能打给我。电话里，她哆哆嗦嗦哭诉着最近的遭遇，本来说好公司要外派她去威尼斯，却被一个高管的女儿抢了名额，她只能不痛快地去尼泊尔，经理对她这次的调查结果非常不满意，时不时地讽刺她的工作，半夜两点，没有男朋友接，没有公司重视，她越想越觉得北京这座城市大得空旷，大得冷漠。

我突然想起三年前，小洁和我刚毕业的情景，普通本科大学的普通毕业生，招聘会上我们就像待主人挑选的奴隶，好不容易找到愿意接受我们的公司，我们却只能领着微薄薪水，租着廉租房，不敢下饭馆，甚至外卖都只能一周吃一次。即使这样，顶头上司还会时不时讽刺我们，批评我们，随时储备能把我们换了的人才。

小洁就是在这样的情况下，入职了一家外贸公司，国贸系毕业的她刚入职就被分配到打杂的支援部。公司里所谓的支援部，不过就是哪里人手不够就去哪里的一个中转站，不仅被行政后勤使唤来使唤去，还被销售客服部看不起。

和小洁同时进去的同事每天都在抱怨，刚刚毕业的大学生，骨子里还保持着学生时代那种童真和懒散，可只有她，不声不响地接下每一个部门的请求。做不完的工作，就算加班加点也一定以最高的质量和最稳妥的方案给人家反馈。她也感觉无聊，也觉得不被尊重，可她深知，刚刚毕业的自己一定要通过历练来让专业知识得到巩固。

慢慢地，一个月过去，有几个受不了的同事递交了辞职信，两个月过去，做事拖沓马虎的同事也被委婉地劝退了，只有小洁，不仅熟悉行政后勤，还对销售业务部的工作了然于心，终于在业务部的一名投资专员跳槽后，被提拔了上去。

功夫不负有心人，在支援部的历练让她可以同时处理各类突发事件，因为常常做行政后勤的工作，她和同事们相处非常融洽。随着升职，她开始不停地出差。

那时的小洁，有一个相恋四年的男友，可因为她常常出差，相恋第二年的情人节，她刚下飞机匆匆跑到男友公司门口的时候却看到他和另一个女同事卿卿我我，她冲上前，大声质问为什么，得到的只有男朋友轻飘飘却直抵心底的一句话，"她愿意跟我回家。"

而此刻，电话里的小洁又说出了那句话，她说，"真应该立刻回到家乡，明天我就辞职，卖掉健身卡和理发卡，退掉廉租房，从此再也不用过这么急匆匆的生活。我会回到家乡的小城，开一家花店，和父母住在一起，不用小心翼翼地担心外卖的价格和高额的应酬花销，闲暇时间约上三五个旧日朋友，在酒吧，在咖啡馆纵情畅玩。"

说话间，我突然顿住，脑海里又浮现出小洁升上市场部经理的第一个夜晚，略微醉酒的小洁抱着我，兴奋地说："终于能在皇城脚下工作生活，终于能过上家乡小城人人都羡慕的生活。"那时候的她难掩兴奋，说起小城除了思乡再无其他。

电话里，听着她的啜泣，我不禁想到，就算回到小城，一切难道就会一帆风顺吗？

我们可以住在父母的房子里，干着清闲的工作，每个月拿固定的薪水。我们不再像在北京一样需要节衣缩食，在闲暇时候，约熟悉的朋友去熟悉的酒吧放松。

可我们依旧会碰到和北京一样的窘境，汽油价格的上涨，让我们不敢开家人新买的车，在单位上班，我们依然会碰到钩心斗角，并且没有了公平竞争，我们会更加不称心。我们有了更多闲暇的时间，可也不能肆意地花钱，就算我们住着父母的房子，靠我们自己的工资依然付不起房子的首付。何处生活不苦楚？不管是在生活节奏快的北京，还是在慵懒的家乡小城，生活都不可能一帆风顺。

小洁的啜泣声慢慢低沉，我看着窗外的霓虹灯不停闪烁，下意识地抬头却和往常一样看不到任何星光。北京就是这样，广告牌倒下都会砸死一片白领，在这里生活节奏确实比任何一个城市快，抬头的时候从不会看到星星，上班高峰马路上来来回回穿梭的都是车。

可这里也和其他所有城市一样，我们的生活也会碰到逆境，也会陷入低谷，也有小城里错综复杂的人际关系和人情往来。我们也会在事业上陷入困境，也会面对领导的责备，客户的刁难。我们也会在感情上被背叛，会伤害别人也会被别人伤害。

有时候，刚刚步入社会的我们，雄心勃勃地想要在大城市扎根发芽，可随着年龄的增长，爱人的离去，工作生活的不如意，我们将一切归咎于这忙碌的生活，想要逃避想要远离，可事实是，无论在哪里，我们都会碰到类似的问题，所以一味地逃避、抱怨于事无补。

小洁的声音断断续续，我依然听出她声音里的不甘，她说:"我去丽江、杭州,那里生活轻松,我开一家客栈花店,我做自己的老板。"

我耐心听她说完,对她说:"就算是在丽江、杭州那样的城市,你也一样需要从头再来,那里生活节奏可能比现在慢,可生活从来就不是容易的,你在北京所经历的一切到时候要重新经历,难道你真的就放弃现在好不容易攒下来的一切,而去另一个城市重新开始吗?"

抱怨从来不是解决问题的钥匙。我突然想起小洁升上业务部总监后的一个周六,为了接待从香港来的客户,小洁给客户订了山间度假村的一个别墅,当晚一群人在饭桌上兴高采烈,香港的老板借着酒意狂撞小洁所住的房间门。她哭着给我打电话,边打还边骂这个老板,就在门被撞开的一霎那,小洁跑了出去,因为跑得太快,撞到前面的围栏,当即倒在地上。

那时,我也劝小洁换份工作,可她咬咬牙,擦干眼泪在微信里跟我说,好不容易找到这么喜欢的工作,才不要轻易放弃。

电话里,我说道:"那时的你,是那么勇敢果断,从不抱怨经历的一切,就算碰到天大的事你都没有放弃,可现在,就因为这么一点小挫折,就要逃回到那个生活虽然慵懒,但再无出头之日的小县城吗?

"你可以回到小城，可逢年过节，爸妈都会说你看邻居家谁谁的女儿，每年赚了多少钱，在哪个国家旅游又带回了什么。可你的工资，出国旅游每年一两次也许可以，但想走就走没那么容易。你还记得你刚升上主管的时候，你妈妈在亲戚面前对你赞不绝口的样子吗？"

说完，小洁沉默了半晌，默默挂掉了电话。

印象中，小洁一直都是很干练的女孩子，生活上干脆利索，工作上也如鱼得水，可这一切是她咬着牙，一点一滴积累下来的。大城市和小城市一样，绝对不会因为你身在北京就主角光环开启再无磨难。

抱怨从不会给我们任何力量，事业失败也不会因为你的抱怨蒸蒸日上。何处生活不苦楚呢？

三个月后，我和小洁又相约在王府井的杂酱面馆，公司里的高官女儿因为没有做出有效的工作被董事会点名开除，北京给了小洁想要的公平，她也因为甩掉情绪，高效工作而被领导委以重任。

小洁笑着对我说："我也曾经想过，究竟应不应该继续待在这里，可北京如何？家乡的小城又如何？生活中该经历的磨难躲也躲不掉。生活不会因为你的抱怨就让挫折绕道走，变心的人只会拿现实当作借口，而不会用真心对抗困难。

我一直觉得是北京让我们陌路。可经历了这么多我才明白，哪有什么身不得已，无非是他只想要一个陪他的人，而这个位置并不是专属于我。既然我们没有在一起抗争现实的勇气，那么我们不够爱彼此。"

小洁又露出往常明媚的笑容，身穿职业装的她看起来和以前一样干练富有朝气。

我们每个人都会面对很多困难，我们每个人也都会像小洁刚毕业一样无法适应社会。可我们应该像她一样，沉下心来多学习，让自己更加优秀，这样才能笑容明媚地应对一切挫折。

抱怨只会让你逃避，而只有真正看透生活，明白该逃的逃不掉，何处生活都会苦楚，才能咬牙坚持迎接新的生活。

■ 看不到希望的日子，请你做自己的光（作者：麦承欢）

在看不到未来的日子里，我们会迷茫、彷徨、无措，甚至想过放弃。殊不知，你也能成为自己的阳光，帮助自己抵达光明。愿你成为自己的太阳，无须凭借谁的光。

我的同学于思思最近很烦躁，因为她的家长决定送她出国读大学。我羡慕地说："出国多好啊，你就不用参加高考了，哪里需要像我们这样累死累活的？"

于思思哭丧着脸说："可是我现在达不到学校要求的雅思成绩啊！如果八月之前我考不到六分，就不能上学了；但是如果我放弃考雅思，直接报预科班，学费很贵，还会浪费一年的时间去学英语。"

简而言之，她要是能考过，自然是皆大欢喜。但如果考不过，要么直接失学，要么去读一年的预科，既浪费时间又浪费金钱。

我们所在的是一座四线城市，能出国留学是十分令人羡慕的事情。面对我们的羡慕，思思却十分焦躁："玲玲，你还不知道我吗？我的英语成绩最差了，现在还要去考雅思，雅思好难啊！先要考口语，然后考听力、阅读和写作，每一样都是我的弱项，我真的怕死了。而且一次差不多就要两千块的报名费，要是我考十次才过，那就要两万块啊！"

我给她打气："思思，功夫不负有心人，只要你努力学习了，一定可以成功的！"

但是她并没有因此振作精神，反而在一片唉声叹气中办理了休学手续，回家考雅思去了，等到高考之后再回来领取毕业证书。

之后，我也没有再与思思联络过，因为高三的课程实在太紧张了，每天都是在争分夺秒中度过的。直到快到寒假的时候，思思回来了。

她的现身，在班上引起了波澜，同学们围着她议论纷纷，要她说一说考雅思的经历。思思皱着眉头，比上一次更忧郁了，快快不乐地说："还是老样子，还需要努力提高成绩。"等到同学们回到自己座位的时候，我才能与思思说上话。

看见我这个英语课代表，思思大倒苦水："玲玲，你都不知道我在受着什么非人的折磨！那些雅思题目，简直就是变态！考试时间根本不够，我只做了一半就到时间了！这几个月，我考了三次，报名费、路费、报班费和资料费，花了五六万了。我真怕自己还没有出国，就把家里的钱花光了！"

我把英语书拿出来，说："思思，要不我现在帮你总结几个要点吧！我想，只要厘清了基础知识，就能应付任何考试。"

思思有气无力地趴在桌子上，呢喃道："玲玲，我不想去考了，太浪费钱了。我想回来学校参加高考，哪怕考个专科或者三本，我都认了。这样的日子，我真的看不到任何希望，接下来，我要么花十来万和一年去读预科，要么失学了……"

我把她拉起来，认真地说："思思，即使看不到未来，看不到希望，你也要选择奔跑。如果你觉得这样的日子没有希望，你就做自己的光，照亮自己的路。相信我，只要你坚持下去，一定可以成功。"

看到我言之凿凿，思思有点紧张又有点迷茫地问："真的吗？你不觉得我的坚持就像一个笑话吗？你不觉得我是在做无用功吗？"

我摇摇头，说："雅思满分九分，六分差不多只是一个合格的分数，再说了，你之前已经考到了五分，只要再努力一下，要考到六分并不难。可怕的不是考不到六分，而是你半途而废，只要你认真总结几次考试的经验，把需要加强的地方巩固练习，一定可以成功的。"

"思思，在看不到希望的日子里，你就做自己的光，照亮自己成功的路。无论生活怎么样，你都可以引领成功。

思思的表情一下子郑重起来，没有了刚才的颓废和惆怅，取而代之的是坚毅，她下定决心，严肃地说："玲玲，你放心，我一定会成为自己的太阳光，自己温暖自己，照亮前路，不需要借谁的光！"

我拍拍她的肩头，说："好样的！加油！"

思思话题一转，问道："玲玲，我们都是同龄人，你怎么比我们都成熟啊？你的决心和坚定，是我见过的所有人之中最强的。"

她的话唤起了我的回忆，面对她的好奇，我娓娓道来我的经历。

我的初中是按地段来分配的，读的是一间风评不怎么好的公立学校，直到初三，我才忽然意识到，要想进入省重点高中读书，跟更优秀的人做同学，那我必须靠自己的实力考上去。可是我的理科成绩太差了，特别是物理和化学，常常不及格，那怎么办呢？

那时候的我想过放弃，毕竟物理和化学实在太难了，我通常只能考五十分左右，要想进入省重点高中，最低都要考到八十分。这对我来说难如登天，要在一年之内把最难的物理和化学成绩提升三十分，我想都不敢想。

于是，我只能看着物理和化学课本唉声叹气，同时安慰自己，算了算了，就留在这里继续读高中吧，虽然不是重点高中，但我能做凤尾啊，在这里不需要怎么努力就能拿到好名次，成为受老师欢迎的优等生。如果去到重点高中，竞争这么激烈，说不定就会考最后一名了。这种难堪估计会逼疯我！

抱着这样的念头，我彻底放弃了自己，本来就是看不到希望的日子，何必还要做徒劳无功的事情呢！

直到那一天，我在图书馆一本杂志上看到某篇采访中考状元的文章。那个看起来很温柔的女生说："我用了一年的时间把成绩提高了两百分，也算是黑马吧！其实只要把知识梳理一遍，千万不要怕，一定可以取得进步的！"

在文章的最后，这位女状元总结道："很多人都说，在看不到希望的日子里，就放弃吧！为什么要做吃力不讨好的事情呢？可是不努力过，又怎么知道不会成功呢？只有付出了，我们才能无愧于心。越是看不到希望的日子里，我们越要坚定信心，做自己的阳光，照亮自己的路。"

那时候的我，颇有一种听君一席话，胜读十年书的感觉，刹那间我明白了很多道理。是啊，中考只有一次，我为什么不拼尽全力去努力试一试呢？努力尝试过了，即使失败了，我也能无愧于心了，但是如果直接放弃，以后一定会后悔的！

人生的大彻大悟总是发生在某个时刻，那时候的我就是这样，感觉自己的七窍全都打通了，人也成熟了很多。开始踏踏实实地梳理知识点，认真记好各种公式，虽然解答不出很难的题目，但比之前的一片混沌，思路清晰了许多，逻辑思维也强了很多。

通过一年的努力，我的物理考了七十九分，化学考了八十八分，其他科目成绩也保持了以往的水平，很顺利地考进了省重点高中。

重点高中跟普通高中还是有很大差别的，这里有更浓厚的学习氛围，整体的学习环境更让人感到舒服。在这里，我认识了更多优秀的人，我们相互学习，进步很大。每当此时，我就会庆幸自己没有放弃，在看不到希望和未来的日子里，我活成自己的光，自己去开辟疆土，自己去照亮前方，坚持到最后，我胜利了。

听我讲完自己的故事，思思陷入了思考中，我没有去打扰她。年轻的我们总是需要经历一些挫折，才能更迅速地成长。

莎士比亚说："黑夜无论怎样悠长，白昼总会到来。"

一段没有希望的日子，就是漫无边际的黑夜，只要我们成为自己的光，就一定可以迎来白昼，重见光明。

思思回去了，她时不时地就给我打电话汇报一下情况。第一次时，她说："我的弱项是写作，所以我报了一个写作班，听、说、读，我报了网络课程，既有针对性，又省了钱。"

第二次时，她说："虽然很吃力，但是我的写作进步很大。原来写作文也是有模版的，只要把各种类别的作文总结好模版，就能写出高分作文，这些都是应试技巧，以前我怎么就不懂呢？"

第三次时，她说："我现在每天花两个小时读英语，一个小时用英语自己跟自己对话，我发现自己跟自己讲英文还是很有趣的。原来口语考试不需要讲什么晦涩难懂的单词，只要能说简单的英语，能够交流，拿六分肯定是没问题的。"

第四次时，她说："玲玲，我感觉自己进步很大，做模拟试题拿到了六点五分。"

思思一次比一次进步，她说："我把你说的那句话——在看不到希望的日子里，请你做自己的光——贴在了桌子上，每当我想放弃、想退缩的时候，我就会看一看这句话，我就能坚持下去了！"

在我们高考的时候，思思也去参加她的第五次雅思考试了，这一次，她终于成为了自己的太阳光，驱逐了黑暗。她考了六点五分，比学校要求的六分还多了零点五分。拿到成绩单那一天，思思来我家找我，看见我，便激动地抱住我，哭泣道："玲玲，你知道吗？我从来都不敢想象自己能考到六点五点，我以为自己这辈子都跟五分过不去了！"

我拍拍她的肩，说："前方还有很多困难，以后无论遇到什么困难挫折，都不要轻易说放弃。哪怕在绝境，你也要坚信自己。看不到希望，你就做自己的光；痛恨黑暗，就用自己的光照亮前方！"

蔡康永曾经说过："当我单向地爱着你的时候，我只好是太阳，我依靠我自己的光支撑。"人生就是一个不断前进的过程，成为你自己的光，驱逐雾霾，就是一个不断修行的过程。无论遇到任何困难，我们都要相信没有到不了的光明未来，我们可以成为自己的光，照亮前方。

"你要成为自己的光！"每一段路都不是一帆风顺的，总要经历风风雨雨，才能收获成功，只有破茧而出，才能蜕变成最美的蝴蝶。

当身处黑暗的时候，不要害怕，你要相信，即使看不到希望，你也能做一束自己的光，你就是自己的太阳。

第二章 ○
换一种态度来面对挫折 ●

　　弗朗罗曾说:"每个生命中,有些雨必将落下,有些日子注定要阴暗惨淡。"可是啊,守得云开见月明,属于你的终将在历练之后更加闪耀,耐得住寂寞才撑得起野心。当你感觉前路茫茫时不妨换一种态度,当你觉得天要塌下来时不妨换一个角度,一切都会随风而散。

■ 既然无法逃避,不如笑着面对(作者:安然)

　　那些成长路上的风雨,如果不能阻挡你前行的脚步,那它们终将为你缔造最美的彩虹。

小牧的故事，应该从步入社会之后，我们的第一次同学聚会说起。

在聚会上，我见到了多年未见的小牧。印象中的初中时的小牧，是个沉默寡言带着点不自信的怯生生的姑娘，如你我一样，样貌普通，在人群中毫不起眼。

而多年后的小牧，却和记忆中的完全不同，她在聚会上和大家谈笑风生，举手投足间充满着自信，让人在人群中一眼就能关注到她。

大家都好奇，当年那个不爱说话的内向小女孩儿，短短几年竟蜕变得这么不一样，好似经过蜕茧重生的蝴蝶。

小牧笑笑，和我们讲了这些年她的故事。

小牧的家在经济比较落后的小县城，父母都是朴实的农民，小牧在小县城是出了名的爱学习，大家都常夸小牧成绩好，以后肯定有出息，每次小牧都低着头抿着嘴不好意思地笑笑。

那年中考的小牧，踩着录取线进了市里最好的高中，她是小县城里唯一一个考上那所市里数一数二高中的人，祖祖辈辈都是农民的小牧家人开心得不得了，连左邻右舍的熟人也都来祝贺小牧。

本应是欣喜雀跃的开心事，小牧没想到接踵而来的挫折感会那么深。

小牧高中班上的同学，大多是本地人，女生们都热衷讨论新一期杂志上的内容，前一晚电视剧的精彩情节或是流行的服饰，而男生们则是聚在一起讨论篮球或是隔壁班的漂亮女孩。

县城来的小牧既不舍得花钱去买杂志，也不懂得打扮自己，她看着课间聚在一起叽叽喳喳的女孩儿们，也曾想上前去聊几句，和大家熟悉一下，但想了想又怯懦了。

那段时间小牧只觉自己的生活乌云密布。

那是一个如往常一样普通的下午，小牧去水房打水，忽然她在水房听见了自己的名字，她听出那是班里最时髦的女孩儿对她的朋友说起自己。

那个她们口中灰头土脸，不爱换衣服鞋子，好像一个小萝卜的小牧，当时正在水房里侧接水，听到她们的话后低下了头，看到了自己脚上那双因为穿了太长时间已经泛黄怎么也刷不出来原本颜色的白布鞋。

这双鞋，是入学的前一天妈妈买给她的，她还记得那天她从妈妈那双因为做多农活而粗糙黝黑的手里接过鞋子时的欣喜，而此刻这双鞋让她觉得如此难堪，以致接的水快满了她也未注意。很快水就满杯了，溢出的水溅出的水花烫得她下意识地叫了一下，那几个正说着话的女孩听到声音后出来，看到她后没再说什么就讪讪地离开了。

小牧之前觉得和她们只是不熟悉，没想到自己根本难以融入她们之中，这事之后她觉得自己的身上被贴着大大的醒目的标签，连同学们的目光，她都觉得是带着对农村娃特有的鄙夷。

本就不爱说话内向安静的她，自此变得更加沉默了，不仅仅是同学，就连一向有把握的学习成绩也给了小牧不小的打击。

上高中后小牧的成绩一直都在下游游走，甚至在一次考试中，一向以成绩为傲的她，综合成绩居然排名班级倒数第五名，拿到成绩单时小牧不敢相信自己看到的数字。

她甚至不敢告诉父母，因为一想到每天在田地里忙碌赚钱供她上学的父母，再看看成绩，她就觉得无颜对他们说出来。

回到寝室的小牧，把自己整个人裹在被子里，因为怕被室友发现，她只能捂着嘴在被子里偷偷啜泣，她觉得自己的人生好像遇到了从未有过的灰暗，仿佛有只无形的手扼住她的喉咙，让她无法喘息。

那天之后的小牧，变得更加沉默寡言，上课也常常走神，有一次课堂上老师点名，她完全没注意到，是同桌提醒她，她才回过神来。

就连吃饭的时候，小牧都是自己拿着餐盒坐到角落里，快速地吃几口，再拿着餐盒独自离开，晚上回到宿舍后，她常常会躲到被子里悄悄流泪，然后第二天顶着微红略肿的眼睛去上课。

就这样过了一段时间后，一个傍晚，小牧做值日生打扫教室，班里的同学陆陆续续离开了。

只有一个女生在座位上迟迟未动，那个女孩是当时在水房议论小牧的人之一，过了一会儿教室里只剩下她们俩了。

小牧在扫地的时候，那个女生背着书包走过来，走到小牧面前对她说："我不知道你这段时间这么消沉，是不是因为我们之前说的话，如果是的话，我跟你道歉。我们当时只是开玩笑，没想到你正好会听到，对不起。不过其实我之前觉得你挺酷的，一个人从外地考到这里来，蛮厉害的，但是我前几天发现你好像哭过，我只是想说，哭是最没意义的行为，希望你能振作起来，让我们看看你到底有多酷多厉害，而不是像现在这样萎靡不振不堪一击。"

说完，那个女孩就背着书包离开了。

那天小牧从教室回到宿舍后，一直在回想那个女孩的话，她望着天花板想了很久，一夜未眠。

那天晚上，她想了很多，想到了这段时间消沉低迷的自己，想到了从前充满朝气的自己，想到了为了自己辛劳的父母，想到了与父母在一起时欢声笑语的日子，想到了好朋友，想到了那些与密友一起时轻松自在的自己，想到了自己曾经的梦想，想了很多很多。

那天过后，小牧变得和之前有些不一样了，同学们也说不出哪里不一样，只觉得小牧不再畏畏缩缩消沉低迷。

那天开始，小牧每天上课都特别专注，紧跟着老师的每一句话和动作，生怕自己错过哪个细节，课后认真做笔记。

遇到不会的地方，小牧就去问旁边的同学，有时候问得同学不耐烦了，她也不多说什么，只是等同学心情好的时候再去问，就连课间的休息时间，她都要拿出小本本背单词，晚上再整理一天学习的内容。

小牧也开始主动笑着与同学们打招呼，开始的时候，

一无所有，就是你努力拼搏的理由 /

一无所有，就是你努力拼搏的理由 /

同学们还有点诡异，时间长了之后，同学们也会回应小牧，之后再和她闲聊几句。就这样小牧渐渐有了朋友，她不再是一个人吃午餐上下学。

日子就这样在波澜不惊而又忙碌的题海中一天一天地过去了。

小牧的成绩渐渐地上升，从五十几名到三十几名，再到十几名，虽然不是突飞猛进，但在小牧看来，在她坚持努力学习的情况下，这样的慢慢进步反而让她觉得踏实，她觉得自己的努力坚持没有白费。

小牧的高考成绩排在班级前十名，顺利考上了理想的大学。

大学后的小牧，经过高中的洗礼，完全似蜕茧的蝴蝶得到重生。

青春期那些晦涩暗淡的自卑和惶然，随着过去的日子慢慢远离了她，也许她自己都没有察觉到，她已经告别了怯懦，她不再低头敛眉，慢慢绽放出了属于她的光彩。

她在大学期间认真学习热情待人，自信大方积极参加各种校园活动，不仅常常拿奖学金，还收获了一份属于她的爱情。经过高中洗礼的她，再经历任何困难，都会笑着去面对。

小牧说，其实现在回想起来，她很感谢那些灰暗的岁月和那些曾经对她的冷眼，虽然当时觉得好像有张无形的网把她困住，怎样也无法挣脱，但只要坚定自己的内心想法，总有逃脱困境的方法。

而那些曾经让你迷失方向的困境和阻碍，既然无法逃避，不如学会去笑着面对它们，当你跨越它们之后，会发现前方的风景是那么美好。

那些晦暗又漫长的乌云蔽日的日子，其实是破茧前的迷茫与挣扎，当你努力去挣脱这一切之后，就会看见这个五彩斑斓的世界的美好。

每个人的生活都不可能一帆风顺，当生活命运捉弄你时，不要消沉，要相信这只是考验，学会笑着去面对成长路上的泥泞和坎坷。

永远以一颗积极的心，去微笑着生活，这样当你穿越黑暗后，你会找寻到更强大的自己。

每个人都会遇到困境、坎坷，会迷茫、无助、迷失方向，但你要坚持，即使带着满身伤疤。

你要相信穿越寂静黑暗，就会看见曙光，学会去笑面对这些挫折坎坷，等雨过天晴，你会感谢自己。那个会笑着面对挫折的自己，让你成为浴火重生的凤凰。

■ 好的坏的，我们都接受吧（作者：张家华）

张德芬说：抱怨是最消耗能量的无益举动。有时候，我们不仅会针对人，也会针对不同的生活情境表示不满；如果找不到人倾听我们的抱怨，我们还会在脑海里抱怨给自己听。我们可以这样看：天下只有三种事——我的事，他的事，老天的事。抱怨自己的人，应该试着学习接纳自己；抱怨他人的人，应该试着把抱怨转成请求；抱怨老天的人，请试着用祈祷的方式来诉求你的愿望。这样一来，你的生活会有想象不到的大转变，你的人生也会更加美好、圆满。

知道吗？我经常标榜自己为"佛系"青年。路上偶遇熟人，人家问我最近过得怎么样，我多半会回答他"呃，还可以，挺好的"；偶有看不顺眼的摆设，旁人问怎么样，我多半还是会回答"嗯……还行还行"；就算和朋友出去吃饭点菜时，若是问及吃些什么，我多半也换汤不换药，简单说"啊，我吃什么都行，看着来吧"。

然而其实我自己清楚，我只是跟跟热词，跟跟风。倘若这就是"佛系"，恐怕我们身边最多的就是这种青年。毕竟大多情况下的我们只是想敷衍了事，而不是"佛"。

私认为，"佛系"是种处世态度，而非处世方法。

是任他世间白云苍狗，我自乐在其中。管他万事好坏，我皆全盘接受。

什么？你问我为什么分得这么清楚？当然是因为，我身边就有一尊"真佛"。

我的大学室友——小轩。

初入学时，小轩是最后一个到学校的，当时他戴着方框的黑色眼镜，留着那时蛮火的细碎刘海，拖着个黑色行李箱气喘吁吁地踏进了寝室大门。

"大家好，我是小轩。"

听到他的自我介绍，大家纷纷接茬儿，介绍自己。

经过一阵简单的自我介绍，小轩来到我旁边的床铺，确认是自己的位置后，他麻利地打开了自己的行李箱，先将被褥利落地铺好。

"哎，你爸妈呢？没送你来啊。"没忍住，我先向他搭起了话。

话一出口，我便觉得有些不妥，若人家是个孤儿，或者父母离异，我这么问不是揭人家伤疤吗……

还不等我"脑补"完所有的故事情节，小轩的话直接让我明白，是我多虑了。

他说，"啊？我爸妈在家呢，我这么大要他们送我干什么？我又不是生活不能自理。"说着，他将行李箱的另一层拉开，将衣服取出，整齐地摆在衣柜中。

我一时有些哑口无言。难道我是生活不能自理？

我看了看他自己铺好的被褥，再瞅瞅身下我父母给我铺好的被褥。

看来是了。其实我多少还是有一些"妈宝"，所以我蛮佩服那些自主能力非常强的人。

故而，当时的我觉得小轩是一个非常上进刻苦的孩子，我甚至"脑补"了小轩的家庭环境：他家住在遥远的大山中，经常吃不上饱饭，家中姊妹众多，只供得起他一人上学，而他想上学还需要爬陡峭的山路。我甚至恍惚间看见了昏黄的煤油灯下，一个弱小的身影在艰难的翻动课本……

"天哪。"我想，"小轩会不会就是大学里那种虽出身贫寒，但积极乐观地面对生活，凭着自身的努力和天赋，得到老师的认同，获得同学的爱戴，在大学四年里成功走上人生巅峰的人？"

顿时，我看小轩的眼光都不一样了。

但是一周后……

这家伙跟我想象中的完全不一样！

他就是本市的学生，家里称不上富足，但也算得上小康。家中就他一个独生子女，父母经常会给他打电话。除此之外，他还有一个高中毕业后在一起的女朋友。

唯一和我想象中契合的就是，他确实是很爱学习，上课时，那眼睛瞪得像头牛。

第一学期很快就过去了，这期间小轩让我见识了什么叫爱学习。考试前一周，我们见到他，往往是半夜时，在他的床上。

我问他为什么这么拼命，他说，他要保研到他女朋友的学校。

我们赌这家伙恐怕会"血洗"榜单四年。

若是故事说到这里，似乎小轩也只是一个比较爱学习的普通学生罢了，还称不上"佛系"，甚至不是我这种"伪佛系"。

真正让我认识到小轩是个真的"佛系"青年，是在大一下学期。

开学一周后，榜单正式公布。

一件让我们都没有想到的事情发生了，这家伙的英语居然只拿了 25 分，而得到这个成绩的原因是，他忘记了填涂准考证……所有的选择题都记作零分。

而他的综合排名是第八。

这意味着如果他的英语成绩稍微好一些，拿到第一名应该毫无压力。当然，这还意味着，他和保研资格彻底没缘了。

学校明文规定，挂科的同学将被取消奖学金和保研的资格。

就在我们纷纷为他感到惋惜时，突然发现，这家伙看完成绩单后做的第一件事是给他的女朋友打了个电话。

"亲爱的，我们成绩发下来了，果不其然，我还真忘涂答题卡了，看来我只能参加考研了啊，哈哈。"小轩似乎在说着一件和自己毫无关系的事情。

"嗯？"我真的是无法理解，心想"拼命想拿到的保研资格因为小失误就没了，难道不应该想办法做些什么吗？起码也应该愤怒或者沮丧一些吧？他为什么这么平静？"

于是在他打完电话后，我忍不住地问了他一句："你真不沮丧吗？"

"哦，我怎么可能不沮丧呢？只是……"

"只是什么？"我看小轩似乎有些不知该如何表达。

"只是，我就算表达出我的沮丧又有什么意义呢？事情已经发生了，还不如接受这个结果，而且我蛮喜欢搞科研的，自己考研才扎实一些嘛。"

看着小轩面露微笑，我一时竟有些羡慕他可以这么平静地接受如此的结果。

自从这件事情以后，小轩变得更加努力了，但有时候，命运是那么喜欢捉弄人。

大三，寝室里同学陆陆续续开始准备考研，提前准备了近乎一年的小轩突然告诉我们，他不打算考研了。

苦苦问其原因才知道，原来他的女友和他分手了。两人终究还是被时间和距离打败了。

那天，我第一次看见小轩哭得那么伤心。

我默默安慰着小轩，把他曾经安慰我的话语全都摆了出来。

"小轩，你忘了吗？你曾经说过的，人生怎么可能事事都如意呢？无论结果是好是坏，我们都要勇敢去接受啊。"

"我……我以前一直都是这样的，只是这件事我真的做不到啊。"小轩哭着对我说。

"接受或许很困难，但是谁又知道未来会发生什么？当下的我们要做的就是接受事实，然后尽力去改变它。

你说，对吗？"

我看着小轩的眼睛，看着他默默地停止了抽泣。

第二天，我果然又看见小轩背起包，和往常一样去往了图书馆。

我不自觉地笑了，看来小轩做回了自己。

当然，那时我还不知道该怎么形容他的性格，如今看来，他就是我所理解的"佛系"青年。

任他世间白云苍狗，我自乐在其中。管他是好是坏，我皆全盘接受。这是一种永远乐观积极的态度。

所谓"佛系"，不是立地顿悟，也不是伏魔卫道，只是维系内心的平静，选择用一种积极的态度去接受人世的幸与不幸。

顿悟，那是百年一遇的天才的特权；卫道，那是孑然一身的英雄的壮歌。

我们都只是普通人。我们无法预测到未来将会发生什么，我们只需选择内心想要努力前行的方向，然后做好每一件自己该做的事情，这样就已经很棒了。

无论结果是好是坏，我们都从中得到了人生的经历，我们要做的，就是接受它，然后拿它作为新的起点，前行！

因为结果只是暂时的，从某些角度来说，它只是一个方向，好或坏都是具有时效性的。

而人生最怕你活不成佛的模样，却装出一副魔的形象。

要知道，魔不是那么好当的，哪怕你永远只要最好的，疯魔到最后，得到的或许也不过是一捧黄沙，握不紧便会从指间流逝。

啊，对了，我该去参加小轩的婚礼了。你们一定想不到后来又发生了些什么。

就在小轩分手后的一个月，一封情书摆在了小轩常坐的桌子上。

那女孩是小轩的高中同学，她一直暗恋着小轩，只是小轩从未意识到过，在从同学那里得知小轩和前女友分手以后，她终于鼓起了勇气向他表白。

真的，鬼知道大四那年我们吃了多少"狗粮"。接着，两人一起考了同一学校的不同专业的研究生，又分配到同一城市一起打拼，而今两人结束了五年的恋爱长跑，步入了婚姻的殿堂。

朋友，我们的路很长很长，要尝试去接受我们每一个努力后的结果。因为无论好的坏的，都会是我们生命中重要的一笔，也许，在你的努力下，这些结果将化作新的起点，为我们引领方向。

从今天起，以"佛"作为一种态度，而不是手段。

好的坏的，我们都接受吧。

■ 多一分努力，少一分抱怨（作者：三耳姑娘）

当你咀嚼人生中的每一份苦难时，甘甜总在嘴边守候着你；当你历经生命中的每一段坎坷时，平原就在前方等待着你；当你回望人生的历程时，挂在嘴角的微笑会告诉你，人生没有过不去的坎，只要多一分努力，少一分抱怨，生命的华章将经久长存。

我们身边总会出现一些人，他们对待生活不骄不躁，对待困难不卑不亢。什么事情发生在他们身上，他们都不会急得团团转，不会像没头苍蝇似的乱飞乱撞。好像他们身上自带超能力一般，可以化解一切困难。

其实，他们身上并没有什么超能力，他们只是普通人，平凡的人。他们之所以能够做到戒骄戒躁，不卑不亢，不过是付出的努力大于说出的抱怨而已。

很多人说，这样的话还不是谁都会说的？但是能够做到的人又有几个呢？一个人到底有多努力才会看起来毫不费力？我初入职场时，就遇上了两位只知努力，从不抱怨的前辈。

还记得老马入职的那一天，脖子上挂着一副耳机，脊背永远都是微微驼着的样子。乍一看，个性十足，但仅凭一时的感觉，我就对此人喜欢不起来。后来即便工作上有过接触，也很难刷新我对他的认识。

直到两年后，由于业务调整，我与老马在工作上产生较多的接触。不得不说老马是一位不可多得的勤奋型人才，不管把什么样的工作交给他，他总是可以交给领导一份放心的结果。对他的了解越是深入，我对他的印象越好。

老马是一名文科毕业生，大学学的行政管理专业，而他所从事的是互联网智能行业，他的岗位要求 30% 的技术职能。可想而知，他作为一名文科毕业生，拿到这份工作，付出了不小的努力和很多的汗水。

当时部门其他专业性同事都是学计算机技术出身，唯独老马是非技术人员出身。但老马凭借自己的努力，不仅学会了测试产品，还成为了技术小组的领头人。

你以为这一切是那么容易得到的吗？没有天上掉馅饼的事，老马能够取得今日的成就也是凭着自己的一股韧劲，不屈不挠地努力。之所以这么说，是因为有一段时间，我整理标书连日加班，发现了同样在加班的老马。

毕竟是一个部门的成员，留下加班的人寥寥无几，老马看到我还在工作，也颇感意外。时间较晚，两个人就出去吃了一顿晚饭，打算回来继续加班。

　　整理标书几个小时，我决定站起来活动活动，于是走到老马的工位附近。看他测试着产品，时而伏案写着，时而调换几根电线，看得我头都大了。我忍不住好奇问他："老马，你这换来换去的，我看也没什么变化啊！"

　　老马停下手上的工作，回头看着我，说道："要是你都看出来了，那我这工作做得多没成就感啊。"

　　本来对他的印象就差，听他这么一说，瞬间就气不打一处来，转身就回到了自己的工位上继续整理资料。

　　十点半，老马抱着电脑坐在我旁边，正好我旁边也有一台测试机器，他说道："其实我也是门外汉，为了不耽误大家的工作进度，也为了能够尽快掌握产品，我得对比这几款产品，并且找出不同之处，然后才能请教领导这些不同代表着什么。对不起啊，刚才话说得急了，你可别放在心上。"

　　听他这么一说，我也觉得自己有些过分了。再说，晚饭也是人家请的，也就不深究了。为了在明天的产品会议上学到更多的知识，他需要在今晚补充很多知识。看着他手指纷飞地写着文档，我停下动作，问他："你为什么这么拼？你看那几个 80 后、90 后，他们到点就下班了，也没有见他们多么拼命。你怎么不能学学他们？"

从老马看我的眼神里，我知道我又开错了头。

这个夜晚，老马给我讲了一堂步入社会后的课：都以为人生有先后顺序，其实没有。你以为你的出身就注定了你的人生，其实并不是。很多人后天努力，超越了无数优良出身的人。

为什么会这样呢？答案很简单，努力的人一直在找方法，抱怨的人一直在找借口。而老马就是那个努力找方法的人。

老马说，如果他不努力一些，就会被那几个 80 后、90 后甩出去好几条街。他非科班出身，又不懂计算机代码，如果不在产品方面得到突破，就算老板不炒他，他自己也没脸干下去了。老马认为，投机取巧不如稳步踏实地做好基本功。

无休止的抱怨从来不会带来一丝好处。如果抱怨可以改变社会，那大家为何还要拼命学习、拼命加班赶业绩？

事实证明，抱怨只会增加一个人的负能量，却无法让一个人得到提升。与其抱怨，不如破釜沉舟地努力一把。

努力不见得会成功，但抱怨一定不会成功。后来的一件事证明，老马的努力得到了不可估量的回报。

有一次在我主持的会议上，作为技工出身的小周，嘻嘻哈哈地陈述他的工作。我们都没发现问题的时候，老马突然打断了他，并对那个问题反复地深究，本来昏昏沉沉的会议，一下子大家都清醒了。

技工小周被老马问得一句话也说不出来，老马突然展现出来的水平把那几位专业人员都震住了。谁也没想到，平日谁都瞧不上的"文科老马"，竟然一下子问到了点上。用 90 后东东的话说：真是士别三日当刮目相看哪！

这就是老马说的，后天努力，超越无数抱着专业心态的优良人才。

人生犹如洪流，不进则退。你的不努力换不来别人的同情，你的不努力也得不到别人的帮助。

当老马升职加薪的时候，那几位 80 后、90 后互相埋怨，互相猜忌。殊不知，他们准时下班的时候，老马还在奋笔疾书；他们追比赛的时候，老马还在对比产品差异；他们上班嬉笑玩闹的时候，老马跟在领导身边学习经验；他们抱怨工资低时，老马脸上还是一片平静。

假如把抱怨的时间用来努力学习新的技能，假如把抱怨的精力用来提升基本能力，假如把抱怨的心态替换成不懈努力的精神，前方哪还有艰难险阻？恐怕放眼望去，皆是阳关道！

老马自己不仅把这份淡然的心态发挥得淋漓尽致，还顺便替周围的人解开了心结。记得那时部门招了一名小姑娘，小姑娘虽然工作专业，却总是给人一种处于负面状态的印象。

不巧，她分配到了我这边。我很难适应她散漫的工作状态和工作态度，那段日子过得煎熬无比，以往与老马并肩作战的我，化身成了一个天天只懂得抱怨，不懂得改变的人。这种状态是危险的，老马对我说，如果因为别人而影响了自己且这条路越走越远，前面所有的努力都会白费。

我们存在的意义不是改变别人，而是通过不懈的坚持和努力来改变自己，使自己成为更好的人。就像现在，你身边出现了一个这样的人，你应该想的是，这是老天给你的考验，如果连这一道考验都过不去，人生还有那么长的路，路上的荆棘比这危险多了，难道次次都要以抱怨收场么？

道理谁都懂，然而到底该怎么做是大难题。老马分享了他这么多年的工作经验。工作中不如意、不称心的时候太多了，只单纯地抱怨，问题依然是问题，得不到解决。假如我们换个思维，换个角度，也许就找到了突破口。

那位小姑娘遇事只会抱怨，那么你需要做的是告诉她方法。如果方法都告诉她了，她依然我行我素，那你就要多努力了，努力远离身边这个只会抱怨的人。

后来，每当我说出一句抱怨的话，老马都要反问我一句：努力了吗？没有努力过，怎么知道解决不了？多努力，少抱怨。有抱怨的时间，不如耐着性子把事情重新梳理一遍。

老马就像是人生道路上的警示灯，在他的人生哲学中，没有解决不了的问题，只有不够努力的个人。可老马又是独立的个体，他用自己的行动诠释着努力的意义，他用自己的亲身经历告诫着身边的人：抱怨的人生，从来都不值得同情和关注。唯有努力，才值得尊敬。

努力的人生犹如开了挂，抱怨的人生犹如打了滑；努力的人生步步生莲，抱怨的人生举步维艰。生活赋予每一个人的机会都是均等的，努力的人总会把机会抓住，抱怨的人生总在错失之时哀声哉道。

世间从来不缺努力的人，你只有不断努力，才会赢得周围的掌声；你只有停止抱怨，化抱怨为努力，才能发现生活的不同之处，看到乌云背后的阳光，拨开迷雾，重见天日。

■ 相信自己，未来一定会如愿以偿（作者：千夜哀）

人生路漫漫，走着走着，很容易迷失，开始遗忘出发的初衷，开始质疑自己的选择和能力，开始用别人的优势来否定自己，最终与黎明的曙光渐行渐远。殊不知，成功也许就与你一墙之隔，就差临门一脚，就差努力付出后多一分自信。

2017年9月，夏去秋来，丝丝凉风，让人分外清醒，是考试的好时节。亦菲深吸一口气走进了司法考试（现为法考）的考场。15门学科，358万字教材，290多个法律法规司法解释，150万字真题，700多万字阅读材料，占据了她一整年的生活。

日日夜夜的挑灯夜读，将在这一刻交上属于她的答卷。找到自己的位子坐下，亦菲从文件袋里拿出准考证、两根签字笔、一根填涂笔、一块橡皮以及备用笔芯，然后静待铃响。

发放考卷时，一丝诧异拂过她心底，因为直到开考，竟还有好几个空位零星散落在教室各处。"这些人是弃考了吗？"难道是复习中途，他们忍受不住孤寂，所以选择了放弃？还是说内容太杂太多，他们精疲力竭无奈逃避；又或者，他们是不相信自己能通过，以至于连参加考试的勇气也没有……亦菲猜测着几种最大的可能性，心中略感悲凉，便不再多想，低头开始了自己的答题。

这一次的题很难，也很偏。记忆开始错乱，思路开始堵塞，亦菲的左手紧握成了拳头。一年的学习时间说长不长，说短亦不短，如果让她重来一次……她的额头开始沁出一丝冷汗。

重来，她想她做不到！有些事，可以不断地重复去经历，而有些事，体验过一次，便再也不想有第二次。那是一段无休无止的黑白时光，没有周末，没有假期，睡眠匮乏，陪伴自己的唯有孤独和疲惫。似高考复读，那是对心灵的巨大摧残。永远顶着两个黑眼圈，永远只能看着别人嬉笑打闹，永远有记不完的要点、刷不完的题。所以，她明白那些弃考者的心情，因为她也不想再成为黄光下那一抹孤影，不想再每一次邀约都回复消息都说"没空"。

强忍住内心的焦躁和不安，她逼迫自己冷静。一连跳过几道题，看到一道似曾相识的题时却怎么也想不起答案。

三十分钟、十五分钟、五分钟……时间总是在无聊时过得很慢，却在迫切珍惜时流逝得很快。铃声响了，考试终了。

停下笔，最后横扫了一遍试卷，再瞟了瞟那些空白处，亦菲再也忍不住鼻尖的酸楚。她微微低头，双手抚额，挡着几乎夺眶而出的眼泪。

"下午，还是算了吧。"咬着嘴唇，她试图平复自己的心情，但不甘、懊悔、厌恶排着队涌上心头。在踏入这里之前，她曾抱着势在必得的决心，曾幻想考试通过后那些中途放弃的朋友看她时的羡慕眼神。可这一刻，她忽然觉得自己傻得可笑。她就不该在找工作的大四，相信自己有能力在一年之内背下所有法条，实现自己的法律梦，不该天真地以为只要努力了就会有回报。

考官已经收了试卷离开教室，亦菲机械无力地把考试用具装回袋子里。一个瓶盖突然滚到了她的脚边，拉回了她抽离的思绪。朝脚边看了一眼，亦菲抬起头来，目光刚好撞上右后座一对恍若经历过无数沧桑的眼眸。

眸子的主人，是一位五十来岁的中年大叔，皮肤黝黑干涩，眼角布满抚不平的褶子，眼睛却突兀地炯炯有神。左手握住瓶子喝了一口水后，中年大叔向着亦菲笑了笑，而此时亦菲已经呆住了。因为，她看到了一只空空荡荡的袖子……

残疾人！亦菲不可思议地望着他。似乎早就习以为常，对于亦菲的惊愕，中年大叔并没有在意，反倒看着亦菲略微泛红的眼眶，明白了什么，忍不住关心地问："考砸了，小姑娘？"

亦菲心中一颤，轻轻点头，回了个"嗯"字。

中年大叔和蔼地笑着："看你的样子，应该是第一次考吧？年轻就是好啊，有梦想，有冲劲，我像你这么大的时候，都还不知道自己未来的路在哪里呢！"

说着，他忍不住回忆起了那段灰暗惨淡的往事。

原来大叔年轻时曾是一名军人，在一次执行任务中遭遇伏击，不幸失去了右臂。这对当时的他而言，简直就是晴天霹雳，人生一下从顶端坠入了无尽的谷底。那之后，他便从部队退伍回了老家。没有了惯用的右手，做什么都很不顺，不能再拿枪，不能再冲锋陷阵，甚至最简单的吃饭、写字都变得困难。而更让他难以承受的是周围人异样的眼光，那一道道充斥着怜悯和质疑的视线，让他觉得自己就是一个废人。他不想再见任何人，也不想让任何人看见他。他把自己锁在房中，拉上了全部窗帘，在黑暗中颓废度日。

孩子出事，最痛苦的莫过于父母。母亲日日以泪洗面，父亲在那段时间也苍老了许多。

某日，父亲终于看不下去家里死气沉沉的氛围，踢开了他的房门，怒吼道："右手没了算什么？你不是还有左手，还有双脚，还有清醒的头脑吗？你忘了自己当初的理想是什么了，你说要做一名战士，要保家卫国，要为民服务。可谁规定，为民服务就一定要冲锋陷阵，上战杀敌的？这世上比你悲惨的人还有很多，需要帮助的人更多，你为什么不去帮助那些近在咫尺的人呢？"

父亲的一席话如醍醐灌顶，彻底将他骂醒。是啊，他只是没了一条手臂，又不是整个人都废了，他能做的事还有很多！

他终于走出了阴暗的房间，再次感受到阳光，只觉得温暖异常。从那以后，每天天不亮，他就起床锻炼身体。跑步、仰卧起坐、杠杆训练，和在部队时一样风雨无阻。他坚持每天看书，各个领域的都有涉猎，以提升自我的文化素养。他还报了一些培训课程，学习计算机、英语方面的内容。慢慢地，他变得成熟、乐观、坦然。

越努力就越自信，越自信就越幸运。

某年春节前的一天，以前的部队领导突然来家里慰问他，并带来了一个好消息。原来，念及他在部队时一直表现优异，又是因公受伤，上级部门特意颁发了功勋奖章给他，还替他在小县城的派出所安排了一份文职工作。

　　他的生活慢慢上了轨道。很快，他在单位认识了现在的妻子，两人结了婚，生了孩子，日子过得充实而幸福。

　　后来，因为工作的需要，他出席了一次法庭听审，被法律所展现出来的严谨公正所吸引，陷入了无法自拔的法律情结中。他开始一边工作，一边自学。或许是年龄的关系，加之没有任何的法律基础，他学得十分艰难，又比别人慢很多，足足花了五年时间，才踏进了这个考场。而一考，便又是另一个五年。

　　"你考了五次？"亦菲已经被中年大叔的经历震撼了。

　　"是啊，都第五次了！"中年大叔温和一笑，不免有些感慨，"一连考了三年都没有过，当时便产生了放弃的念头。觉得自己年纪大了，比不过年轻人，于是把书都送人啦。我儿子见我实在没有精神，就跑来问我他公司的征税问题，我一开始概括了几句，但答着答着，那股兴奋劲便冒了出来，讲得头头是道，我就知道自己喜欢这个行业。我告诉自己，连最痛苦的时候都熬过来了，还有什么不能做到的？要是连自己都不相信自己，谁还会来相信你？"

"叔叔，你真的很坚强，我很佩服你！"此刻，亦菲望着中年大叔，眼里充满了崇拜。她连第二次都不愿尝试的事，眼前这个年过半百的人却经历了五次。他不顾影自怜，不被年龄、记忆、体力、残疾所束缚。他怀揣理想，相信自我，反观自己，她竟连他一半的勇气都没有。

中年大叔却笑着摇了摇头："小姑娘，整个司考队伍中，有多少人怀疑自己，半途而废，就有多少人白天上班，晚上学习，夕寐宵兴，奋发图强。他们顶着家庭、工作的压力走下来，一年不行就再来一年，一次不行就再试一次。他们坚信自己的选择和努力，我也是，我不信命啊。现在的我只相信自己，四年也好，五年也罢，哪怕七年八年，我相信我迟早会考过的。"

中年大叔走向讲台拿回自己的帆布包，把考试工具整整齐齐地放进去，最后说道："其实啊，你觉得难的题，别人也一样觉得难，既然大家都做不出来，那不又回到最初的起跑线上了？一场考砸了并不可怕，可怕的是自我放弃。记住，下午还是得来，不坚持到最后一刻，谁也不会知道结果。"

当天下午的考试，又有几个人弃考了。可就像中年大叔所说，大多数人还是坚守自己的梦想，努力到最后一刻。

我们每个人生来都不可能是一帆风顺的，再平坦的道路，也总有坑坑洼洼的时候，甚至大多时候是在泥泞中前行。面对困难和挫折，有的人选择逃避，把失败归咎于时运不济；而有的人则选择勇敢面对，相信自我，哪怕努力后并没有达到预期的结果，他们也从不后悔，依旧积极坚定地为下一次的续航准备。

美国哲学家爱默生说："人的一生正如他一天中所想的那样，你怎么想，怎么期待，就有怎样的人生。"

马云怀揣着电商帝国梦时，多少人嘲笑他不切实际，痴人说梦。但他相信自己，奋力一搏，最终让淘宝走向千家万户。马斯特在做宇宙畅游梦的时候，几乎受到了全民的谩骂和讥讽，可他从未放弃，竭尽全力才完成了特斯拉的太空漫步。

无论心中有多恐惧，也不要让自己的心怯弱退缩。

成功的定义见仁见智，但功成名就，得偿所愿的背后，一定有着强大的内心。学会自信，你会拥有面对困境的勇气，接受失败的魄力，坚守梦想的淡然，最终创造出属于自己的那片天地。

几年过去，如今的亦菲已成了圈内小有名气的律师。每当遇到解决不了的问题或是难打的官司，她就会想起中年大叔对她说的话，然后静下心来告诉自己：相信自己，未来一定会如愿以偿。

■ 你的努力，老天都不忍心亏待你（作者：韩筱喵）

每个人生来都是一张白纸，在漫长的人生旅途中被周围不同的颜色所渲染，形成了风格不同、色彩各异的画面。你追寻着前所未见的梦想中的绚烂，殊不知在你奋力挣脱枷锁之前，早已染上了月亮的色彩。

我和小林是在一次专访中认识的。作为校园舞蹈大赛优胜团队的队长，她接受了我的专访并讲述了自己那段艰辛苦涩的故事。

我曾数次彻夜难眠，思考着人生的意义，多年未果，直到她出现在我的生活中。她用自己的过往告诉了我，人生的意义就是拼搏。

冷漠的城市，车水马龙，每个人都匆匆地从彼此的生活中路过，仅仅是路过。她就出生在这样一个城市里，本应与这座城市有着相同节奏，但由于先天性心脏病，逐渐淡出"正常人"的世界。隔三差五地休学让她比起教室更加熟悉病房，周围的伙伴渐行渐远，陪伴在她身边的只剩家人的温暖和医护人员的微笑。

一次偶然的机会，她在网上看到了一段舞蹈视频，衣着时尚的年轻男女，随着音乐的节奏翩翩起舞，音乐的节奏很快，仿佛不断追逐着时间，舞者充满活力，燃烧着生命，绚丽，闪闪发亮。一颗名为"梦想"的种子，悄然落在小林的心中，扎了根、发了芽，她期盼着有一天，自己也可以像他们一样耀眼，在舞台上展现自己的光芒。现实的车轮滚滚而过，本应被压得体无完肤的她，因为"梦想"二字，依然倔强地坚持着、期盼着。

一个夏天的清晨，小林没有像往常一样被母亲叫醒，而是自己早早的起床，在卧室里对着屏幕上的舞蹈画面模仿了起来。做好早餐的母亲，来叫女儿起床，推开门的一瞬间，从未在女儿面前流泪的她泪崩了，母亲紧抱着女儿，仿佛稍微松手女儿就会离开她。

为何老天如此不公？本应充满活力，本应怀揣着对生活的希望，本应和同龄人一样有着快乐的童年的她，为何要经受如此磨难？母亲在心里声嘶力竭地呐喊着，她渴望老天能够听见她无声的呐喊，渴望一切只是个梦，梦醒来后，女儿能依然健康地走完余下的人生。

令人悲伤的是，梦境和现实永远不能互换，小林的病情虽然有所好转，但依然无法被彻底治愈。在坚持治疗的同时，小林依然坚持着每天练习舞蹈动作，每天清晨她就被梦想叫醒，细心练习着每一个步法，每一个动作。

小林不断地学习着，努力着，渐渐地，她觉得自己需要一位舞蹈老师来教她专业的动作和技巧，于是向父母提议让自己报一个现代舞学习班。得知此事的父母决定支持女儿的梦想，但是医生强烈反对小林学习现代舞。医生告诉小林的父母，像现代舞这种动作激烈的舞蹈，对小林的病情不但不会有好处，反而会对她造成恶劣的影响。父母出于对小林身体的关心，狠心拒绝了她的要求。

那一夜，小林哭得很伤心，母亲沉默地抱着她，父亲在阳台一支接着一支地抽烟。这是小林经历过的最痛苦的夜晚，心脏病没有发作，但她的心比任何一次发病都更加痛苦。有什么比梦想幻灭更加让人痛苦的呢？

怀着最后一丝希望，小林瞒着家人，自己偷偷地前往舞蹈老师的家里，希望老师能够教她舞蹈。可现实不是童话，不会在乎主人公是否残存希望。得知小林的病情，舞蹈老师拒绝得很委婉，委婉到小林连伤心的机会都没有就陷入了绝望之中。小林面无表情地走出舞蹈老师的家，六月的雨，终于在阴霾过后倾盆而下，小林浑然不觉，兀自走在街上。雨很大，落进了小林的心里，再难放晴。

那件事过后，小林足足在病床上躺了一周才终于好转。小林十分听话，再也没有碰过舞蹈，每天作息规律，配合治疗，身体逐渐有所好转，病情也渐渐稳定，日子仿佛越过越好，笑容也回到小林的脸上，但只有小林的家人知道，她的笑容里再无会心的灿烂，她的眼中再无闪亮的光华。

"那段时光，你是否放弃了舞蹈的梦想？"专访时我这样问她。

"是的，我接受了自己的命运，眼睁睁地看着那一点星星之火，燃尽了我生命里的整片草原。"她富有诗意地说道，眼里尽是感叹。

世界仍然不断旋转，时间会把一切冲淡，病魔似乎已经将小林遗忘，小林安安静静地度过了自己的初中时光，迎来了高中生活，没有发病，也没有追寻梦想。

一个阳光温和的下午，小林帮老师将资料送回办公室。当她路过一间教室的时候，教室里传来了阵阵音乐声，也许是好奇心的驱使，也许是纯粹地被音乐所吸引，小林情不自禁地走到了教室的门外，透过窗户向教室里投入视线。映入眼帘的是被摆在两旁的桌椅，讲台上播放着音乐的小音箱，以及三个高年级的女同学正随着音乐的节拍在教室中间的空地翩翩起舞。

久旱逢甘露，他乡遇故知，在这片干旱的高中沙漠中，这间教室仿佛一片绿洲，突兀地出现在小林的眼前，她十分惊喜，有些窒息，以为这只是海市蜃楼。小林的梦里已经许久没有出现舞蹈，这让她清楚地认识到眼前的一切不是梦，跳舞的同学是真真切切的和她怀揣着相同梦想的人。小林的眼中闪烁着光芒，那光芒强到一瞬间就将她那被阴霾笼罩了数载的内心照亮。一阵春风徐徐而来，在被地狱之火燃烧殆尽的草原的灰烬之中，一颗新芽慢慢生长，下一秒，春满大地，草原已然一望无际。

小林在心中呐喊着，兴奋地尖叫着，她甚至扔下手中老师的教学资料，右手不由自主地伸向了教室的门把手，她要打开这扇门，这扇她心中关闭了数年之久的门，她要将被锁在门里的梦想彻底释放，她要挣脱束缚她的枷锁，她要打破关押她的牢笼，是的！她做了！她将手放在了门把手上，门把手冰冷的温度传入她的掌心，沿着她的右臂，激活了她的大脑，蔓延到了发梢，她感受着心脏跳动的节奏甚至比教室里的音乐节奏还要欢快。

骤然间，小林的身体僵住了，她缩回手转身背对着教室墙壁，蜷缩在冰冷的墙角。两行眼泪扑簌簌落下。心脏跳动的速度提醒了她一件事，她和教室里放手追梦的三位同学不一样。自己身体里这颗嘀嗒跳动的定时炸弹不知何时会轰然炸裂，爆炸的余波会将她的人生席卷而光，包括她的梦想。这一刻她才深刻了解到，自己其实早已被送上刑场，面对的只有死亡。

"同学，有什么事吗？"教室里的同学察觉了门外的异样，"同学，你怎么了？是不是不舒服？"

"没事没事，我……我摔了一跤。"小林连忙起身边拾起地上的书本边抹着眼泪，显得有些手足无措。

"没事就好。"

"你们这是在……"

"哦，我们是在为下个月在晚会上表演的节目做准备。"女同学饶有兴致地说道，"音乐已经选好了，我们还在构思站位和动作，虽然现在还少一个人，但是不练的话就来不及了。哎？同学，你有没有喜欢现代舞的朋友？帮我们宣传宣传呗，我们每天下午放学都在这儿排练。"

刚刚熄灭的光芒再次在小林的眼中闪现,"我!我……"昙花一现般再次暗淡,"可是我……"小林欲言又止,她清楚自己身体的状况,所以她只能选择抑制自己对舞蹈的渴望。

"学没学过没关系,我们三个也没有学过,只是凭借着自己对舞蹈的爱好走到一起的,"女同学似乎看到了小林眼中转瞬即逝的光芒,她深知这种光芒意味着什么,"我认为只要发自内心地热爱舞蹈,没有什么困难是克服不了的,哪怕没有鲜花和掌声,哪怕没有任何观众,哪怕迎来世界末日,只要足下尚有立足之地,我便不顾一切,随心而舞。"

是啊,身体不好又怎样?濒临死亡又怎样?任世间奇人异事仙风道骨也终将归于尘土,人一旦失去梦想,那和行尸走肉有什么区别?回首过往小林已经压抑了太多,梦想的大坝倒塌,洪水倾泻而下,小林双眼泛红,再次落下了泪水,但这次不同,落泪的同时嘴角是上扬的。

"我……我可以试试……"

阳光透光走廊的窗倾泻在两人的身上,透过小林眼角的泪滴折射出异样的光彩,"还没问你名字呢!我叫……"

"所以你们一直走到现在？"我悉心记录着她的讲述，时不时地提出问题。

"是啊，从那以后我们几乎每天在一起练习舞蹈，我们为着共同的梦想不懈地努力着，我们参加了许多比赛，有过成功，有过失败。一起走过高考，奇迹般地，我们在大学竟然还能凑在一起，也许上天也看到了我们的努力，不忍心亏待这样的我们。"

我清楚地记得，采访那天小林大多数时间在微笑，那种微笑深邃而灿烂，仿佛沉淀着一位老者穷极一生的苦难，也似乎张扬着她在追梦路上发自内心的欢欣。

总有那么一些人，生来就是一张破损的纸张，但好在上天没有剥夺她们追寻色彩的权利，她们渴望着，她们挣扎着，终有一天也会出现独一无二的美丽画面。空灵的，是她们的苦思冥想彻夜难眠；暗淡的，是她们饱受痛苦经历的磨难；耀眼的，是她们锲而不舍反抗命运的呐喊；绚烂的，是她们踏上彼岸凯旋时的笑脸。

每当我回忆起大学的青葱岁月，一个柔弱而倔强的身影总会在我脑海中浮现。小林用自己的故事向我诠释了追梦的真谛，影响着我后来的人生道路。梦想可以是有形的地点，梦想可以是无形的方向，梦想可以是真实的目的，梦想也可以是虚幻的感受。空有梦想不付诸努力，梦想是海市蜃楼，让人迷失方向；怀揣梦想初心不忘，梦想也是种子，春雨一落便有鲜花开放。

还记得那次专访过后，小林问我对于她在台上的舞蹈有怎样的评价，我回以微笑："你的努力，老天都不忍心亏待你。"

■ 有一种捷径叫坚持（作者：松尤）

"不积跬步，无以至千里；不积小流，无以成江海。"

大刚要去美国读博士的时候，他的父母激动地在镇上最好的饭店里摆了百十桌宴请街坊邻居。这个小镇的所有人，都没敢想过自己居住的穷乡僻壤，竟然能飞出大刚这个金凤凰，并且，这金凤凰马上还要飞到美国去。

大刚从小就是踏实勤奋的好孩子，读小学三年级的时候，他一边看书一边烧锅，老式的地锅，需要人一把一把地往灶沟里添柴，读书入迷的大刚也不看看火势到底旺不旺，是不是该停止添柴了，他一股脑只管往灶沟里添柴，最后，一把火把自己的眉毛烧没了。

就算这样，大刚也没能停止自己对学习的追求，家里最穷的时候装不起电灯，大刚就把柜子里的煤油灯找出来点上，劣质的煤油熏得他鼻孔里都是煤灰，实在受不了了，他就拧一把鼻子，拧出了一手的灰渣。条件再艰苦，大刚也从来没喊过一句累，他就像一个不知疲倦的小陀螺，转啊转啊转，就转到了自己心仪的大学里。

到了大学，本来觉得自己和别人相差无几的大刚，突然觉得自己和别人其实有着不可跨越的鸿沟，他没吃过舍友送给他的那种一小块就要好几百块钱的进口零食，他也没穿过舍友脚上那种一双能顶他几个月生活费的鞋子。他觉得自己有个老年机能够打电话就已经很满足了，而舍友拿着让他觉得贵得不可思议的智能机。

当然物质上的差距不足以打败大刚，真正让大刚觉得沮丧的是，他和同学们的差距更多的体现在学习能力上。

一直以来，大刚都觉得要是和人比学习的话，那任何人都将是他的手下败将，却不承想，来到这个学校以后，大刚的学习能力和这些城里来的小孩根本没法比，他们思维活泛，兴趣众多，随便一项拉出来都能"吊打"大刚。

真正把大刚打击得体无完肤的是他的英语口语。大刚的英语本来就不算好，在高考的时候，英语就是他的弱项，他的英语是货真价实的"哑巴英语"，只会写不会说。

大学里第一堂英语课，老师让大家用英语做一下自我介绍，大刚蹩脚的英语发音，成功地逗笑了百十号人，那一声声的大笑，让大刚无比窘迫，他从未遭受过这样的待遇，他以前都是上台演讲接受掌声的那个，那时候从来没有人敢起哄笑他。但在这一刻，大刚分明从每一个人的脸上看到了鄙夷，他感觉自己的自尊心在这里被别人狠狠地践踏了。

英语课后的大刚，死盯着英语书，他知道自己的英语基础差，甚至最简单的"Hello"他都没办法正确地发音，老家里那些用汉语拼音标注英语读音地方法，在这里就像是跳梁小丑，带给他无尽的屈辱。

舍友回到宿舍后，看着大刚正对着英语书发呆，就跟大刚开玩笑，学着大刚的口音跟他打招呼，没想到大刚在听到他说话后，就像是被踩到了尾巴一样把书摔了，离开了宿舍。剩下其他几个舍友面面相觑。

刚走出宿舍，大刚就后悔了，其实他也知道舍友并没有恶意，是他太敏感了，他们只是在跟他开玩笑而已，而且他并没有真正生他们的气，他只是因为发现唯一引以为傲的学习成绩，也不再是自己的骄傲了，心里一时间无法接受这种强烈的落差罢了。

大刚很快就折回了宿舍，他跟舍友很诚恳地道了歉："很抱歉，我不是有意冲你们发脾气的，我只是突然觉得自己好像很没用，别人肯定都在背后笑话我。"

室友也很可爱，这个东北大男孩拍了拍大刚的肩膀："嘿，我当是什么事呢，别人还说我说东北话带口音呢！我说啥了吗？我跟你讲，学英语啊，最重要的就是不要怕张口，那谁，李阳是吧，李阳不说了嘛，你尽管大胆放心的说，反正糟蹋的不是你的耳朵，是那些听你说英语的人的耳朵，别怕，英语这玩意儿，说多了就正宗了。"

大刚很感激室友的宽慰，但生性敏感的他还是放不开自己，还是觉得一旦自己蹩脚的英语口音出现，就会变成一大笑柄。

见大刚不敢开口讲英语，东北室友就拉着大刚去参加学校的英语夜读社团，每天下了晚自习，一群热血沸腾的年轻人就站在操场中央最亮的路灯下，打了鸡血般大声读英语。

这是大刚之前没有领略过的神奇方法，路灯的光把整个操场笼罩了起来，他们这群年轻人就站在这光亮里，手捧着英语书，张大了嘴巴，念出书上的每一个单词。

这里再也不会有嘲笑他们口音的人了，这里只有他们这群不怕被嘲笑的年轻人，熠熠生辉地努力。领队的学姐张大了嘴巴，放开了声音一个单词一个单词地教大家读音。

念三遍，跟我念三遍。

张大嘴巴，放开喉咙。

"读出声音来，给我读出声音来。"

学姐就像一台充满了电的小马达，不知疲倦地指导帮助学弟学妹们。学姐告诉大刚他们："学英语和学别的不一样，学英语没有捷径，唯一需要的就是坚持，坚持读单词，坚持念文章，坚持听说读写，可能我们现在英语能力不好，但大家一定要记着，只要坚持下去，成功就属于我们。"

或许是学姐的热情带动了大刚，加入社团没几天，大刚就去二手市场淘了个二手的 MP3，他往里面下了很多英语音频，走路听，吃饭听，甚至上厕所，大刚都舍不得丢下他的宝贝 MP3。

慢慢地，大刚敢张口说英语了，虽然发音还是不够标准，但他学会了直视自己的缺点，他开始跟室友用英语进行日常聊天，然后虚心地问对方，自己还有哪里说得不够好。

但这还不够让人觉得惊喜，最让人觉得惊喜的是，大刚报名参加学校的英语演讲比赛。

他每天天刚亮就爬起来去自习室里阅读英文稿件，他把自己不理解的不会读的英文单词都标注起来，等到回宿舍的时候再去请教自己的室友，他把那篇稿件来来回回背了十几遍，室友笑他为了学英语快把自己逼疯了，他笑着回应："这是一种人生信条，坚持，不退缩。"

准备了大半个月后，大刚真的去参加英语竞赛了，一路过关斩将，他竟杀进了决赛，更让人觉得不可思议的是，当初这个连自我介绍都说不流利的小伙子，竟然获得了第三名。

大刚在发表获奖感言的时候，竟激动得有些哽咽："我真正意义上学英语，也就这几个月的时间，我以前学的是只会写不会读的哑巴英语，但经过这几个月强迫自己开口，我的发音不会再轻易被人嘲笑了。其实在此之前，我一直在寻找一条学英语的捷径，我总觉得学英语就像解数学题一样，总有一个简便的方法。但经过这几个月的学习，我发现我错了，学英语没有捷径，唯一需要的就是坚持。坚持早起读范文，深夜听听力，因为坚持听说读写，我才有了如此大的进步。"

有一种捷径叫坚持。

很对人在面对困难的时候，会想有没有捷径可以走，其实，捷径很简单，那就是坚持，但很多人参不透这个道理。大多数人在面对困难的时候，都会选择半途而废，其实，只要坚持了就会发现，对岸的景色很美。

后来，因为大刚的专业课成绩和各方面的专业素质都非常好，学校把保研资格给了大刚，在读研究生期间，大刚结识了专业领域内的一位美国专家，专家想让大刚跟他去美国做研究。这是个好差事，但这对大刚的英语要求更高了，大学里学的那些皮毛，根本就不足以支撑大刚跨越大海汪洋。

大刚想起了自己刚开始学习英语的那段时间，那个时候他都能坚持下来，更何况现在呢？大刚报了一家夜校，每天做完兼职后，他就拐弯去夜校里上课。一个班里十几个学生抱在一起取暖，大家互相加油打气，大刚感觉就像回到了本科期间，一群年轻人站在路灯下背书的时候。

最辛苦的那段时间，大刚每天都要读书到深夜一两点，偶尔从睡梦中惊醒，他也会发现自己累得趴在了书堆上，那间五六平米的出租屋里，除了床就都是他的书了，他每天熬夜苦读，发誓要把书上的每一个字都背下来，把每一道题都刻在脑子里。

上帝格外体恤勤奋的人，幸运也都是留给坚持不懈的人的。大刚通过了美国教授的考试，专业成绩也好，英语成绩也罢，每一项都高分稳过，大刚就要告别这片黄土地，远渡大洋彼岸接受更高的教育了。

偶尔大刚跟别人提起自己的本硕时期，一定会说一句话："有一种捷径叫坚持。"

因为知道这个道理，所以他才会在本科的时候坚持学习英语，坚持锻炼自己的英语口语；因为知道这个道理，所以他才会在研究生时期，不管白天黑夜地进修提升，哪怕熬夜流鼻血的时候，也不曾说过一句"算了吧"。

世上本来就没有轻而易举的事情，看似完美的结局，都是因为经历了漫长的痛苦时期，而正是痛苦的坚持，才让石头缝里长出了春天的花。

■ 换个角度，阴天都会变晴（作者：言冗）

你总是在抱怨，觉得别人得到的一切都是有缘由的，不是有钱就是命好，却从来没想过，这世界本就是不公平的，就是有人拥有良好的基因、聪明的大脑、让人美慕的家庭背景，可以毫不费力地获得成功。但若你只知道在背后美慕和抱怨，那你与对方的差距将会越来越大。若想同样成功，你只有努力改变自己，完成挑战。

我还上大学的时候，同寝室除我之外有三个姑娘，老大是天生丽质型的，长得好看，学习也不错，平时不用特别努力就能位于班级的前列。老二的家里条件好，青春可爱，说话娇滴滴的，整张脸嫩得能掐出水来。相比之下，老三就有点不如意，从甘肃的一个小县城苦心竭力地考到帝都，家里为了供她上大学，连小镇上仅有的一套房子都卖出去，一家人搬回了农村老家。

这三个姑娘各不相同，却有着一个共同的目标，那就是集体逃课，每次都到任课老师快发飙的时候，我才匆忙告诉她们赶紧回来上课。

老大逃课是跟着家里的长辈去历练，年纪轻轻就开始接手家里的生意，老二逃课是一直待在寝室里，哪里也不去，整天抱着一堆零食看着电视剧混日子。老三则是跟着老二待在寝室里，一边吃一边看从图书馆借来的小说。

慢慢地，期末考试来了又走，出成绩的时候，三个人的脸色都不一样，老大依然是云淡风轻地看着成绩单上位于前列的成绩，转身对我说："还不错，我比较满意。"老二看着垫底的成绩，哭着趴在我肩头说，只有零食能安慰她的心灵。老三虽然当下没有什么表情，但还是趁着老大老二不在寝室的时候和我"吐槽"。

"你看看老大！总是一副自命清高的样子，长得漂亮怎么了？总是不和我们在一起玩，这个寝室还有没有一个寝室的样子啊？！真不公平，怎么她什么都不看也能考得很好，拿奖学金担任学生干部啊。"

我刚想开口劝，她又连珠炮似的抱怨："再看看老二，成天就是吃，无忧无虑，工作家人早就安排好了，成绩对她来说算什么啊？老天真不公平，怎么让这样的人摊上那么一个有钱的爹呢？"

我突然顿住了，我知道她这些话憋在心里已经很久了。

她总是看到别人的优越之处，处处抱怨自己的生活不好，老天真不公平，没给她漂亮的脸蛋和有钱的爹，甚至一个稍微出众的大脑都没给她。

我看着她，一字一句地说："姑娘，这世界本来就不公平！"

是啊，谁又比谁活得容易呢？她以为一直人前风光的老大完成每件事情就那么容易吗？她从没看到过老大两三点蹑手蹑脚跑了一天案子还要撑着，把我的笔记借去一张一张地抄。她当然不知道，因为那个时候她正和周公约会，继续做她的春秋大梦。

她总是抱怨说羡慕老大的皮肤和身材，殊不知，每天的凌晨，她还呼呼大睡的时候，老大已经在操场上来来回回跑了十多圈，做面膜洗脸每一步都认认真真。

她也不知道老二其实也有自己的烦恼，为了应付家长，不得不被逼着周末相亲，家人带着她一家餐厅一家餐厅地走，她的幸福和婚姻从不在自己手里。

是的，这世界本就没什么公平可言，你总是觉得，人家想要的努努力踮踮脚就能得到，而自己想要的却一直在千里之外触不到摸不着。

公平从来就不存在，老大一出生就天生丽质，就算吃再多辣椒也不会长青春痘，老二一出生家里就给安排了一切，什么都不用自己去拼搏。

你呢？除了抱怨，什么都做不了。

别人逃课你也逃课，心思不放在学习上，总是觉得自己天生命不好，所以什么也不做，辛辛苦苦拼尽全力考上大学，却在上大学一个多月后便变得斗志全无，人云亦云，等到毕业的时候，才知道自己和别人有多大的差距。

你可能不知道，这世界本来就不公平。

有人天生丽质，有人含着金钥匙，刚出生就被选为千万财产的继承人，有人爸妈是高材生，出生的时候脑子就比你好用，凡事领悟得都很快，你能抱怨吗？除了在旁边看着你还能做什么呢？

其实，你有很多事可以做，你可以把逃课的时间用在学习上，就算不喜欢本专业的课程，你也可以去学一些其他专业的课程，一技之长总是有用的。或许你长得不漂亮，但只要肯下功夫，就能有很好的身材和干干净净的脸蛋，腹有诗书气自华，你一样可以活得很潇洒。或许你没有那么好的天赋和才情，但你可以通过努力，付出比别人多几倍的时间去充实自己，努力和那些天生丽质的人站在同一个舞台啊！

这世界本来就不公平，有人辛辛苦苦努力了好几年，依然考不上自己心仪的大学，有人整日废寝忘食连人都要住进书里，也顿悟不了一个小问题，有人兢兢业业努力了很久，还是得不到上级的提拔。

难道我们这时候要认命吗？

我希望你知道，这世界本来就不公平，而你要在这不公平之间，尽量找到自己的位置。

说实话，我从不认为自己长得漂亮。但很庆幸，我知道自己的类型，我知道自己不适合浓妆艳抹，甚至有点胖，所以我拼命锻炼，最狠的时候整个礼拜只吃青菜胡萝卜，看着慢慢瘦下来的身体，我才觉得达到了自己心里的目标。

这个世界不公平，所以我努力让自己慢慢适应这些不公平。

自从身材变好以后，我感觉自己整个人心情愉悦了，不会再羡慕那些长得比自己漂亮的女孩，我也慢慢喜欢上了不公平带给我的迷人之处。

没有什么事情是十全十美的，就像上帝造人的时候，虽然总有偏爱，但根本不会造出十全十美的人，正是因为这些不公平，我们在后天努力反抗的时候，才能收获不一样的成功，领略到不一样的风景。

前几天亲戚家有一个孩子在微博上和我"吐槽"，她说："阿姨我觉得自己的人生整个就是一个悲剧，父母离异，我是单亲家庭出身的坚强女孩，我还先天兔唇，真的不想做什么了。"

这个孩子正值高三，每天肯定会思考自己的未来，所以从她的字里行间，我能感受到迷茫和压力。

说实话，我很明白她的感觉，所以之后我给她打了个电话。

电话最终不是以喜剧收场的，这个年纪的女孩，和我年轻的时候一样，骄傲又彷徨。她在电话那头哭着咆哮："你根本不懂我的感受，我每天受人异样的目光，你知道我的内心有多脆弱吗？你跟我说好好学习，我何尝不知道，可我就是笨，就是学不会啊！"

我突然有些内疚，左思右想，给她发了一条很长的私信。

我开门见山地和她说：

你必须承受生命中的不公平，这样你才能成长，然后笑着蜕变。

生命从来都不会对谁例外，先天兔唇，不是很聪明的脑子，还有你那看起来一团糟的生活，都和别人不一样，但很抱歉，人生从来就没有返回键，你既然活下来了，就要接受这些不公平！

是的，我很同情你，但我一点也不想可怜你。虽然作为你的长辈，我真的很想让你的前路走得顺畅一点，但很抱歉，这是生命中的不公平，就算我帮你一回两回，余生这么长，你自己如果不努力争取，谁都帮不了你。

这是你自己的生活，你必须笑着去面对。

不妨换一个角度来看这些问题，你觉得自己快坚持不下去了，觉得这个世界对你意见很大，你不想再笑了，不如再努努力，再用一点力气，再稍微坚持那么一下。

姑娘，抱怨是没有任何作用的，眼泪根本不能帮你换高档餐厅的用餐券和名牌华丽的衣服包包。

你想要的，只能打碎牙和血咽到肚子里，然后化悲痛为力量用双手去争取。

这世界本来就不公平，如果你都放弃了自己，又何谈世界不公平呢？

我不由得想起刚毕业的那年，不同于宿舍里老大和老二接受家里的安排，老三和我一同去了一家小小的杂志社当记者。

记者这种工作，每天很累，遍地找素材，搜肠刮肚地把一点点无关紧要的小事包装，印成铅字出现在报纸上。

这些都是我和老三的工作。

大概我那番话对老三起到了很大的作用，在实习期间，她格外卖力，下了班，我和她并不着急回家，而是蹲在菜市场或是粮油店，等着期待着那么一点与众不同的新闻发生。

老三不抱怨了，她慢慢也注意起自己的容貌，每天都早早起床打电话拉着我去跑步。午餐晚餐总是控制得小心翼翼，看到比自己漂亮的女孩子，再也不是当初那种针锋相对的状态，而是笑盈盈地走上前去请教人家化妆和服装搭配技巧，更多的时候会问一问口红的色号，然后悄悄记下来。晚上回家，她总会信心满满地对我说："等我有了钱，一定也买这个色号的口红。"

有一天，我悄悄问她："你怎么不抱怨社会的不公平了？"

她笑嘻嘻地对我说："如果抱怨有用的话，我或许早就追上老大和老二了，可大学四年的事实证明，根本没有用！"

那一刻，我突然为老三的明智感到高兴，起码她知道自己的抱怨无济于事，所以宁愿努力一点辛苦一点，在生活中争取到更加美好的未来，用汗水和努力去面对社会上的不公平。

社会很大，就像一个大型机器一样，不管我们觉得自己多重要，其实都只是庞大的机器上一颗小螺丝钉而已，可我们不能就这么放弃。虽然社会不公平，但只要我们有向上的勇气，总能打拼出自己的一片天。

我和老三顺利度过了实习期，她的乐观也迅速感染着整个杂志社。

我们或许没有办法消除这个社会的不公平，但很庆幸，我们可以通过自身的努力慢慢让自己去适应这些不公平。

你的抱怨、批判、眼泪，在不公平面前永远都不值一提，上天重视的还是那些努力的人。

虽然努力不一定有回报，但起码在我们面对不公平的时候能云淡风轻地说一声："我尽力了，我不后悔。"

年少的热血，好像突然在某一个不尴尬的年纪悄然退却，我们丧失了对生活反抗的意志，也少了内心的骄傲。

可我不想在年老以后回想起年少时光，嘴里念念不忘的是一句老掉牙的话："都怪这个不公平的世界！"

姑娘，这世界本就没什么公平可言，弱肉强食一直是社会的本来面貌，你不能一边做着美梦，一边享受懒惰的乐趣和舒适。你不能一边人云亦云一边在背后仇视一切比自己强的人。你不能一边羡慕着好的皮肤身材一边管不住嘴，迈不开腿。

是的，有人轻轻松松就能完成你羡慕的事情，但很遗憾你不是这些人，所以你要更加努力，用努力来面对这些不公平！

后来，过了几天，我再次提着东西去拜访亲戚的时候，那个姑娘主动开门，她以乐观爽朗的笑容和自信满满的眼神迎接我，虽然我不知道我说的话她有没有完全弄懂，但很欣慰的是，目前来看，她已经接受了上天给她的不公平，并且在慢慢试着去面对它。

我相信，早晚有一天，她能和当年的我一样，勇敢地从迷茫中走出来，然后笑着对世界说："我不怕你！"

○ 第三章

● **沉淀自己才能提升能力**

　　　　人生就像长跑，我们每个人奋力向前，生怕浪
费一分一秒，一旦遇到阻挡就气急败坏地大哭大闹，
好像失去了全世界。但有时候，停下未必就是件坏
事，在阴暗的日子里气定神闲或许更能让你在未来
大放异彩。所以，亲爱的你，别着急，别哭泣，属
于你的终会在努力后得到，你唯一能做的就是在等
候中积淀实力。

■ **知道自己的方向，全世界都会为你让路**（作者：麦承欢）

　　能够坚持到最后的人，往往是王者。在通往成功的

路上，有的人迷茫了，放弃了，而有的人无惧风雨，坚持心中的理想，明确地朝着自己的方向，全世界都会为你让路，因为你知道自己要去哪里。

拿到期末考试成绩单的时候，看着试卷上刺眼的 54 分，叶飘飘的眼泪瞬间夺眶而出，委屈又难过。

一直以来她都偏科得厉害，是文科中的尖子生、理科中的"学渣"，即使选了文科班，数学依然拖她的后腿。这一次，就因为数学成绩太差，她的排名从全班第八跌到了第十八。

班主任委婉地说："飘飘，这个寒假你去补习吧，只补数学，要是数学能考到 110 分以上，你绝对能上一本线。否则……二本也不是不好，但能上一本当然比二本更好。"

叶飘飘垂头丧气地离开了办公室，回到班里。此刻班上一片沸腾，因为今天大家是回来拿成绩单的，下午就放假了。可是她丝毫没有放假的好心情，泪水滚落在手臂上，很烫，但她的心一片冰凉。还有五个月就高考了，而她之前费尽心思都没能扭转乾坤。数学仿佛跟她过不去，最好的成绩就是 75 分，连及格都很难，又怎么考到 110 分以上呢？

她趴在桌子上号啕大哭，整个身子都在颤抖，失望、悔恨、绝望，负面情绪一拥而上，心就像被架在热锅上烤。

补习？

补习又有什么用呢？她都努力了那么久，数学却总是原地踏步。她心想：算了！自己天生数学差，在理科方面没有天赋，何必自讨吃苦呢！二本就二本吧！全国那么多人上二本，也不差自己一个了！

"飘飘，你没事吧？"后桌的男生用笔敲了一下她的背，关心地问道。

"想开"之后的叶飘飘抹干泪水，声音略微有些嘶哑，"我没事，谢谢。"

"你的语文考了138分哇，好厉害，能借我看一下作文吗？"男生眼中冒着星星。他叫周维安，是班上的地理课代表，成绩优秀，唯一不足的就是作文写不好，每次仅仅拿个及格的分数。

叶飘飘拿起桌上的卷子，递给他，道："哪！给你！"

周维安拿起卷子很认真地看起来，然后用笔推了她的后背一下，让她转过身来。他满脸羡慕地说："飘飘，你的作文写得真好，好羡慕你！"

叶飘飘瞠目结舌，仿佛听到了天大的笑话！她眼珠子都快要掉下来了："我还羡慕你呢！你看，就算你的作文写不好，但是作文不拉分啊！我也只比你多二十分。数学很拉分，你的数学就比我多了八十分，我骑马都赶不上你！所以啊，我宁愿作文不好，数学好！"

周维安正色道："可是你作文写得好，以后可以当作家啊！"

作家！

多么神圣的字眼，原本心情糟糕的叶飘飘瞬间看到了希望，她从小就喜欢阅读各种书籍，那些喜爱的作家是她人生路上的精神导师。她多么希望有一天，自己也能我手写我心，成为名作家，写出受读者欢迎的书，指引别人的人生路。

京大中文系能人辈出，如今很多当红作家毕业于那里，那里被誉为作家的摇篮。只要能把数学成绩提上去，叶飘飘考上京大，不是不可能的事情！

刚才还垂头丧气觉得自己很差劲的她，现在就像是打了鸡血，她终于知道了自己的方向，那就是拼尽全力，克服困难，为理想而战。

回到家后，她便报名了一个数学辅导班，小班制的课上只有五人。从父母手中接过钱的时候，她像是被玻璃扎心，鲜血淋漓，父母头发苍白，背影佝偻，皱纹满面，双手更是生出了许多的硬茧。他们为了这个家日夜操劳，不说苦不说累，做着最累的工作却不曾抱怨过，因为他们想让自己的子女安心读书，考上好大学。

而她呢，仅仅因为一点点挫折就要放弃自己，她怎么对得起辛勤付出的父母？

"爸、妈，我会努力的！"

南方的冬天是湿冷的，穿再多衣服也无济于事，飕飕的冷风灌进大衣里，肌肤瞬间起了鸡皮疙瘩，寒意一阵阵涌来，叶飘飘夹紧身上的羽绒服，快步走在路上。她现在已经感觉不到辛苦了，只要能够实现自己的梦想，苦一点累一点又有什么关系呢？

要想进入京大中文系，成为一名作家，就不能让数学拖她的后腿。知道了自己的方向后，叶飘飘再也感觉不到迷茫、惆怅和害怕了，那些挫折仿佛也不再是可怕的怪兽。她现在感觉自己全身充满了力量，就像奥特曼，数学这个怪兽也要为她让路。

辅导班的老师是一个年轻的大学毕业生，讲课十分有激情。这个班是基础提升班，老师先帮他们巩固基础知识，然后延伸到考点考题上。有了基础知识打底，再讲起高考考点，叶飘飘再也不感到吃力了。看着自己解答出来的数学题，她甚至有了很大的成就感。内心在不知不觉中接受了数学，她的解题能力逐步提高。

充实的时间总是过得很快，二十天的补习课程很快就结束了。因为高三学生需要提前回校，因此刚结束课程，她便开学了。开学第一天就进行了第一次模拟考试，拿到数学试卷的时候，她摩拳擦掌，是检验整个寒假成果的时候了。

刚开始做的时候，很顺利，因为已经有了扎实的基础知识，选择题和解答题很快就做了出来，做到后面大题的时候，她傻眼了。这些题目，有了基础知识也只能做出其中一个小步骤，拿一两分。

叶飘飘这时候才发现，大题考查的是利用各种基础知识进行发散性思考，往往需要很多迂回曲折的步骤才能解答出来，而她根本就没有数学思维，一旦要她将各种数学知识融会贯通，她的大脑就一片空白。

在焦急中，交卷时间到了。叶飘飘心中难受极了，她知道自己这一次又考砸了。她想到了父母，父母辛苦工作，日晒雨淋，而她幸福地坐在教室学习，却根本拿不出好成绩，这不是白白辜负了父母的辛苦工作吗？还有自己的梦想，难道真的要让数学成为她理想路上的荆棘吗？

心中茫然、空洞的她，很快就拿到了数学成绩，一个大大的八十分，她感到十分难堪。呵，补习了整个寒假，花了一千来块钱，她得到了什么呢？还不是考不上京大？！她感到了深深的挫败，还有不到四个月就高考了，她不如放弃数学吧，加强自己的特长科目，说不定还能考到好的分数。不然她把所有的精力都放在数学上，其他科目因此受到影响，岂不是得不偿失？

　　找到了理由的叶飘飘，心安理得地不去钻研数学了，其实只有她自己知道，这一切不过是借口而已。她只是不想看到数学，看到数学她就想到自己是一个失败者。

　　第二次模拟考试，因为没有认真复习，她的数学成绩又拖了后腿，上一次还能考八十分，这一次却只考了七十五分。班主任着急了，把她叫到办公室，说："飘飘，你上次考了八十分，老师为你的进步感到骄傲，但是这一次为什么又退步了呢？"

　　老师温柔的话语让叶飘飘内心的委屈得到了发泄，她的泪水像洪水一样倾泻而出，她呜咽着说："老师，我觉得自己不是学数学的料，我就随便读个大学吧，反正那所学校肯定也有很多人读，有这么多人陪着，有什么关系呢？"

　　班主任知道她的语文成绩很好，每次写的作文都是全年级的范文，说不定还可以成为下一个红遍全国的作家，要是因为数学成绩不好，错失了理想中的大学，那简直就是人生的遗憾。于是她说："飘飘，你知道吗？其实你是一个很聪明的学生，从你其他科的成绩就看出来了。语文成绩好，说明思维能力不差，只要你用心学，数学成绩也能像语文成绩那样好。只是你自己没有定好以后的方向，要是你能坚持为梦想而努力，这点小小的困难根本难不倒你。知道了自己的方向，全世界都会为你让路。飘飘，你要坚定你心中的理想，数学绝对会为你让路。它将不再是你的阻力，而是成为你的助力，让你在高考中加分。"

　　老师的谆谆教诲，充满鼓励的话语，让叶飘飘看到了希望。是啊，现在还有三个月才高考呢，而她已经有了扎实的基础知识，只要她把大题的解答方法和技巧总结出来，用语文思维来做数学题，不是一样可以吗？

　　"老师，我会好好努力的！"叶飘飘仿佛看见京大中文系已经向她招手了，她握拳为自己加油，只要过了数学这一关，她就能实现自己的梦想了。

回到座位上，她给自己制定了一张计划表，既能充分保证其他科目的学习时间，又拿出时间来进行数学的复习。然后，她严格按这张计划表执行。

可能是因为之前梳理好了基础知识，可能是因为老师的话起到了作用，也可能是因为她本身就是一个很聪明的人，只是之前没有破釜沉舟的决心，这一次，她感觉自己越学越顺。解答大题的技巧也总结得越来越多，除了特别难的之外，很多大题她能解答出来了。

每次遇到困难的时候，她就会想到同学羡慕她作文写得好，老师鼓励她，还有京大中文系和她的作家梦，她就会迎难而上，越战越勇。

第三次模拟考试，她的数学考到了一百零一分，数学成绩从来没有上过三位数的她，感到了巨大的成功感，更加努力了。最后一次模拟考试，她考到了一百零九分。高考的时候，只要能够保持这个分数，京大中文系就离她不远了。

高考那天，叶飘飘对自己说："加油！我一定要考到京大中文系，全世界都会为我让路的！"文科是她的专长，她考得很顺利，拿到数学试卷的时候，她不急不躁，按照平时的积累一步一步地做完。

后来，高考成绩出来了，她考到了一百二十一分，是妥妥的"黑马"。谁又能想到，四个月前那个数学不及格的学生，高考成绩能比平时高了一倍呢？有了数学成绩的加持，她成功考进了京大中文系。

接到录取通知书那天，叶飘飘十分感慨，回想当初的波折，她对自己说："无论以后遇到什么困难，都要明确自己的方向，事在人为，人定胜天，只要知道了自己的方向，全世界都会为你让路。"

在人生的路上，我们会遇到各种各样的困难和挫折，只有明确了自己的方向，坚定不移地向着目标出发，才能实现理想。若是不知道自己的方向，就像一个人走在沙漠中，只能徒劳地转圈，怎么也走不出那个怪圈。

失败和挫折并不可怕，可怕的是一个人迷失了自己的心，若是连自己都不知道自己的方向，还有谁帮得了你呢？明确了自己的方向，坚定不移地向前走，为自己的梦想而努力，全世界都会为你让路，为你铺就一条通往成功的大道。

■ **保持人生的镜头感**（作者：言冗）

时光永不会停，正如这世界决不会因为你的悲伤失意而停止运转。所以，亲爱的你，请每一刻都保持笑容，认真面对每一分钟吧！

采访江淮的时候，手机里的邮箱突然提醒我有新的邮件，我下意识地想伸手去拿，却被他用手拦住了。他张着嘴巴，露出洁白的牙齿，一脸阳光地笑着，声音如琴地对我说："正好回答你上一个问题。你不是问我为什么这么多模特，却只有我一个走出了当初的小舞台，走到北京，然后又从北京走向世界吗？"

我不解地看向他，点了点头，他粲然一笑，接着说："因为我很珍惜台上的每一分一秒，只要我站在舞台上，哪怕没有镁光灯，没有观众，只要前方是镜头，我就总会很专业地走每一步。"他表情庄重，让我不由得对面前这个二十几岁便扬名海外的名模刮目相看。

采访结束后，习惯性地去整理采访的记录，江淮却从旁边悠悠走过，问我要不要一起去喝杯咖啡。因为今天的采访到此结束，我便没有推脱，心里还想着他也会和其他的明星一样，告诉我什么可以写，什么不可以写吧。

虽然没有期待，但本着专业精神，我还是带上了录音笔，我们都落座后，江淮指节分明的手端起咖啡杯说："我没有别的意思，只是想让你听听我的故事。"

采访前，我做了不少功课。一个农村出来的小伙子，大学之前根本不懂什么是模特，什么是走秀，就算懂也从未想过自己有一天能登上那种看起来光怪陆离的舞台。辛辛苦苦考到北京一所普通大学，学了最主流的工科专业，然后在大三的那一年，竟被时尚周刊的编辑发掘，从此星路灿烂，一发不可收。

我微微点了点头，算是默认自己想听，心里却暗自想，不过又是一个寒门贵子的例子。心不在焉的表情让他略微皱了眉。

江淮出生在一个小县城里，家里一共有五口人，上面还有两个哥哥。农村的家庭，还有三个儿子，无疑让他们的生活并不像同龄人那样轻松，一件衣服要兄弟三人轮着穿，一碗肉也要分着吃。

可让人欣慰的是，两个哥哥的学习成绩都不错，顺利考入大学，大学毕业后都找了不错的工作。可要想改变一个农村贫困家庭，所需要的不仅仅是两个大学毕业生，他们在外工作已经捉襟见肘，更何况还有一个未上大学的弟弟。那时候，江淮每天刚睡醒，耳边就是父母的唠叨声，除了学习什么都不能沾，就这样他上了重点高中，考取了一所北京的大学。

上大学后，因为要自己支付所有的花销，因此他努力去寻找兼职，几乎各种类型的兼职都做过，发单员、西餐店的服务员、家教甚至销售。可这些工作要想赚更多的钱，就要投入更多的时间，可他还要完成学业，不辜负家里的期望。

因此他一直在寻找时间少但是收入高的工作，恰逢当地的一家婚庆公司需要人去做司仪，他便抱着试一试的心态，从此踏入了模特这个行业。

听完他说的这些，我没有特别强烈的反应，或许是因为做记者，听到的这种故事实在太多，他突然讪笑道："其实在我没有真正踏入这个行业的时候，我真的也以为自己曾经所遭受已经很苦了，可生活里只有更苦，没有最苦。"

江淮和无数的小模特一样，开始在空闲时间不停地走场，不断接受着选择和被选择，慢慢地，从婚庆公司不入流的小舞台，走上了北京市模特大赛，再后来走上了大舞台。

听起来他的星途是一帆风顺的。我摸了摸鼻子，看了看手表，想要早点结束这些对话。可江淮突然说道："其实在之后的模特生涯中，我因为个人原因停业了三年。"

"三年!"我惊讶得差点叫出声来,生存周期如此短的模特界,三年实在不是一个小数字,他嗤笑一声,然后愣怔看着我,眼角泛着泪花,说了下去。

　　我查过他的档案,都说江淮是大三的时候被时尚杂志的编辑发现,然后被雪藏三年才登上舞台一举拿下国际模特比赛的亚军。中间的确有过三年的停歇期,模特公司也解释说这三年,他是去接受培训和礼仪指导了。

　　在一个闭塞的小山村里,模特是只听过没见过的一种职业,更何况爸妈的思想封建,在电视上看他为一个内衣品牌走秀时,险些气得晕死过去。理解他的只有两个哥哥,可他们仅仅是理解,并不能给他太多帮助。

　　因为他是模特界的新人,每次走秀虽然赚了很多,可是要和公司进行不公平的交易,他为了给家里补贴,只能不停走秀,所有其他模特不愿意走的秀他都接,就这样劳苦的工作和经常性的睡眠不足,让他患上了抑郁症。

　　爸妈从不和他联系,甚至一次又一次把即将到家的他撵出去,并扬言要是他拿不到学位证,不安安稳稳找一个工作,他就不再是他们的儿子。那时的他没有收入，因为抑郁症，公司也不敢让他工作太多，只能减少走秀的场次，因此他的收入一再减少，病情却一度加重。

坐在我对面的江淮声音哽咽，低沉地说道："你知道我最苦的时候是什么时候吗？我在深圳的疗养院，一个人在沙滩上走，不敢告诉任何人我得病的消息，其实是怕他们担心，怕他们因为我而焦虑。

"我在网上搜过这样一个问题：人的动脉在哪儿？然后我就一条条翻看网友给出的评论——

"别找了，我爱你。

"傻瓜，人是没有动脉的，别找了，我爱你。

"动脉是一个很可爱的小姑娘，她在你心里，别找了，我们爱你……"

我默默听着，职业素养让我在谈话开始的时候就打开了录音笔，现在却极力想去关掉它。我知道这个版本的"三年"，绝对会是我这次采访最大的收获，可我不能这样做。

后来，江淮走出了抑郁，重新变成了一个阳光健康的人。可三年来吃抗抑郁的药物，身体得不到良好的恢复，面对即将到来的走秀，他不得不整天只吃蔬菜，疯狂地锻炼，最终在走秀前达到理想的身材。

可就算是这样的奇迹性恢复，依然让投资方感觉不满，他只好加大训练量，在这期间，没有父母的支持，有时哥哥会在电话里对他说上三言两语的鼓励话语，他知道，大学毕业的他，暂时还没有能力像哥哥一样回报家庭。

一次大型时尚走秀，江淮和众多模特预先彩排。露天的彩排现场，正值寒冷的冬季，很多模特不像正式走秀那样专心，只是敷衍了事。

这些模特中有一个是已经走出亚洲圈的前辈，他以前从来没有这样近距离和前辈合作的机会，而这次的合作，使他得到了一次突破。

露天舞台上，前辈优雅的步伐不紧不慢，似乎并不因为是彩排或是寒冬而受到影响。江淮第一次这样近距离看自己敬仰的前辈，看到他和他们穿着一样单薄的衣服，却有着和他们任何人都不一样专注的神情。

彩排的间隙，他借着要签名的由头，低声问道："前辈，您是怎样做到在这样寒冷的天气，仍然这样专注地彩排呢？"

前辈微微一笑，整张脸并没有露出不耐烦和厌烦，甚至疲惫感都不曾表露。他回道："走秀就和人生一样，不论你现在面临着什么，都要逼自己保持镜头感，因为这样会让你自己都觉得，马上迎接的是一段很美的时光。

"我之所以阻止你在采访的时候看手机，就是想告诉你，时时刻刻，每一分，每一秒，都要保持人生的镜头感。"

前辈对他说的话，在他光彩熠熠的眼睛中闪耀，我盯着他执着的眼神，回想起他出道之后，媒体杂志对他的报道。

所有的媒体杂志都认为他敬业、专业，是因为他的出身，因为他珍惜这样的工作机会，其实在我看来，更多的是因为他对人生的态度。正是因为执着，他才能在短短的十年内，一跃成为国内一线模特。

保持人生的镜头感，我将这句话用作那次采访的标题，而他的故事在我心里并没有和其他"逆袭"成功的故事一样被淡忘，反而因为他坚定的眼神，执着的语气，让我面对生活困境的时候，便想起他对我说过的话。

人生不如意事十之八九，我们每个人的人生并不都是一帆风顺的，有时候碰到困难，碰到低谷，不妨笑着面对，保持人生的镜头感，就算对这一刻于事无补，也会让我们更有勇气面对下一刻的狂风骤雨。

■ 奋斗不一定能带来成功，但一定能带来成长（作者：倾注年华）

小时候，我们总希望快点长大；长大了，我们却渴望慢慢变老。这就是现实教给我们的东西，人生不应该只注重结局，那些慢慢体验的过程，何尝不是一种收获？

作为一名非著名写手，再加上"宅"属性，我一直以为自己没救了，直到两年前机缘巧合之下爱上了骑行，认识了一群正能量的骑友，现在没事儿就往外边跑，感受大自然的气息。

"小彭啊，怎么说你在这儿也开了五年车店，咋没看你找个对象？"我老气横秋地拍了拍小彭的肩膀。我比他小了两岁，有对象。

正在修车的小彭全神贯注，手上拿着工具小心翼翼地拧下每一颗螺丝，压根儿没工夫搭理我。

小彭身高一米六五，别看他身子比较瘦弱，但骑起车来我可超不过他，我对着镜子瞅了瞅我这一米八的身高，可能小彭就是所谓的短小精悍吧……

"呼……做完了。"小彭脱下工作装，坐在凳子上喝茶，"话说你刚才说啥来着。"

我翻了个白眼："我说，要不要给你找个对象啊？"

"哦。"小彭面无表情地看了我一眼，"那边，又有人去世了。"

我被他一句话堵了回去，我知道他指的是谁。

夕阳红车队成立于 2016 年，成员平均年龄在六十三岁以上，最年长的数领队曾队，七十二岁。

第一次接触曾队的时候，他给我留下的印象是乐观、开朗，那时我正和骑友在公园散步，而他刚刚骑完长达两百公里的国道，出现在了我们面前。

"曾队，这又是打哪儿回啊？"小鹏赶忙上前帮曾队扶住车后面厚重的行李，我发誓，那热情绝对超过了对他的前女友。

曾队走到我们面前，我顿时看清了他那黝黑的脸庞，额头露出几条沟壑，他咧开嘴笑了笑，露出了洁白的牙齿。

他在我们心中可绝对是大神级别的人物。

"哈哈，几个小伙子不错。"曾队摘下了安全头盔，和我们一起分享这一路来记录下的文字和图片。

当看到曾队站在 318 国道旁边，扶住那块刻有无数骑友名字的石碑的照片时，我真的无法想象那戴着黑色骑行眼镜，车后驮着厚重的行李，全副武装，仅仅露出了真心笑容的健壮男子，正是眼前这位年过古稀的老人。

"小彭啊，我们最近计划骑中越边境，你们这些小伙子有没有兴趣报名啊？"曾队坐在公园长椅上被我们围着，他收起笔记本和摄像机，拿着头盔给自己扇风，和蔼、淳朴的举止，让我刷新了对曾队的印象。

在没见到曾队之前，我心里笃定曾队起码也是饱经世事沧桑、洒脱、不羁，有着年轻心态的高冷大神，现在看来，是我太过肤浅。

之后，我也有了和曾队单独聊天的机会，也能听到更多的故事，而这些故事将成为我笔下的素材，那些背后的故事将会被更多的读者看到。

一天傍晚，我坐在车店帮着小彭守店，曾队坐在木椅上和我闲聊起来。

"曾队，您坚持骑行有多少年了？"

"嘿嘿，不多不多，我是从退休的时候开始骑的，退休后没什么要干的，陡然间不习惯了，忙活了一辈子啊，享受不起这福分。"

曾队之前是一所中学的人民教师，常年站在讲台，在学生们心中的威望较高，即使到现在，也还会有一大批学生逢年过节给他捎点儿礼物，带个问候。

尽管曾队在讲述自己故事时语气非常平淡，脸上始终带着笑容，我心里还是隐隐泛酸。

夕阳红车队创始之初一共有十二人，如今，只剩下了五人健在。

讲起队里的事，曾队可是信手拈来。

"这说起来啊，可能一个晚上都讲不完，你当真要听？"

这么好的机会，我可不能放过，我颇为期待地点了点头，静候他叙述。

2016 年 6 月，十二名老人对家人嘱托一番后，开启了人生第一次"骑闯 318"，不担心那是不可能的，每到固定的时间段，确认他们不在骑行的路上，家人就会打来电话。

"刚到康定的时候，一切安好，再往前就是折多山，对我们是个不小的考验，所以那次我们休整了三天。"

我屏息凝神，不敢插话。

折多山海拔约四千二百九十米，对于身体机能已经退化的他们来说，是一个不小的考验。

骑在最前面开路的曾队突然摔倒在地，其余人赶忙停车跑了过来。

"没事、没事，不过有点累。"曾队接过队员递过来的便携式氧气管，吸管插入鼻孔，大口喘着气，山上覆盖着冰雪，骑行眼镜上已经覆盖了一层薄雾。

两名有过骑川藏线经验的老人催促他们快点上路："这里气候多变，山上没啥树，如果下起雨来，很容易发生山体滑坡。"

曾队点了点头，稍微缓过来之后，就又带着队员上路了，其间还收到了不少自驾路过的人递来的食物和水，更有甚者，将随时能救人一命的氧气袋送给了他们。

这一路上，天气寒冷，心不冷。

"还好，我命大，后面也没有出多大的问题，算是从老天爷手里捡回了一条命。"我听得惊心动魄，只见曾队笑对一切，谈及自己的生命，如此淡然。

那之后他们改变了行程，将计划中的一天变为半天，在变化多端的川藏线上，他们体会到了一天经历四季的感受。

这天，天气突变，下起暴雪，他们来不及赶路，就被困在了一家青年旅馆。

"看来今天是不能走了。"看着拍打在窗户上渐渐融化的白雪，曾队难得有心情坐在一旁静下心来记笔记。

天色渐暗，他们也提早入睡，不过晚上一般有人把守，轮流换班，以免意外的发生。

"老刘，老刘快醒醒啊，老刘！"夜里，一声带着哭腔的尖锐喊声，惊醒了入睡的曾队。

"老刘，醒醒啊，老刘。"只见一名队员双腿无力地跪在地上，不敢相信地推搡着躺在床上久久没有反应的老刘。

周围聚集的人越来越多，闻声赶来的还有几名借宿的医生，他们拿出携带的少量氧气袋给老刘灌输氧气。

半个小时，一个小时。

不大的房间内，几乎挤满了整个旅店的人，他们都在等待，无人出声，直至氧气耗完。

见医生撤掉氧气袋起身满脸惋惜的表情，众人一时间还无法接受，不知是谁先发出一声痛哭，引起了连锁反应。

后来从旅馆返程的几个小伙子，帮忙将老刘的遗体送回，葬礼那天，十二名老人的家人都到齐了，小彭当时也在，但那活着的十一名老人并没有立马赶回来。

"在那之后，我知道我们多了一份责任，我把老刘的骑行服绑在自己身上，装备都放在包里，他的车也没丢，我们想尽办法一直带着它，我们的目标还没有完成呢，我们要带着他看布达拉宫，看纳木错，看大昭寺……"

每每说到自己故去的队友，曾队都会变得沉默，但他也要为他们做表率，他还要延续他们这份对骑行的热爱，他不能颓废，从始至终。

他的双手捂住了自己的脸，但我从未在曾队脸上看到过一滴眼泪。

用我们现在的话说，死在奔往目标的路上也值了。

那一次，他们最终没有到达拉萨。

事发突然，五天后又有一名队友遗憾离世，在家人以及俱乐部车友的强烈要求下，他们带着队友的遗体返回。

那一次，他们距离拉萨仅剩下五十六公里。

"今天凌晨，前往中越边境时，曾队突发心梗，再也没有起来。"小彭拿出手机，点开微信上传来的消息，递到了我面前。

我瞪大了眼睛，看着那条消息，眼泪最终不争气地掉了下来。

这一刻，我觉得时间仿佛静止下来，大脑里回放的都是曾队的画面，真实的、想象中的，对，我也不能哭，需要延续的，不仅是他们。

路还在继续，灵魂永存，愿天堂美景待之不薄。

也许正是因为第一次骑闯318失败，让遗憾的种子根深蒂固，他们带着遗憾继续上路，从未退缩。

他们连生命的威胁都可以视之于无物，我们还有什么理由因为无望而放弃？生命的意义永远不会偏重结果，只会注重过程。我并非有意不推崇死亡，也不批判堕落，世间道理无数，若你依然安于现状，请想想自己为何而活着。请付出全部努力奋斗，不留遗憾。

过程会让你知道什么是人性；过程会让你知道什么是梦想；过程会让你知道什么是成长。

奋斗，你永远都胜过昨天的自己；畏惧，你永远都躲在阴暗的背后。

夕阳红车队，成立两年零一个月，骑行总路程合计超过三万公里，初始队员十二人，截至2018年3月1日，剩余四人。

他们，还在路上。

■ 除了你自己，没人能给你一个未来（作者：吾欢）

一个人的生长像一棵树，除去外部条件的影响，生长成什么模样取决于自身。这个世界不被理解的人和事多如牛毛，而人生最不值得的事，就是因为他人的不理解而放弃对自我的追寻，这世界上已经有太多的别人，独独就缺一个你，加油。

小风上高中以后成绩开始下滑，他对学校课程的怠慢之意，不仅表现在行为举止上，还表现在一张张尴尬的成绩单上。

小风初中时还是个勤奋好学的三好学生，也凭着优异的成绩进入了省重点高中的重点班。

老师无数次约谈他的父母，他的父母也使尽浑身解数，却都无法让他回心转意。

"无可救药了。"在一次小风逃掉期中考试翻墙进了网吧之后，班主任对着小风的父母摇了摇头。

整个学校都知道，有个曾经是年级第一的大"学霸"堕落成性，英雄榜上再也没有他的名字。

小风后来转到了文科补习班。跟上一届高考失败复读的学长学姐一起进入了高三的复习阶段。

小风最好的朋友尘，在小风踏进教室门前一秒，把厚厚的一摞资料塞到他的怀里："说好了不许让我失望的。"尘一脸严肃。

小风被逗笑了："怕什么？大不了做我学长啊。"

"我费劲心思帮你找的资料，作为回礼你也应该端正一下态度。"

"好，我一定倍加努力，把缺的都补回来。"

学理科的就一定要这么严肃吗？小风站在门口目送尘远去，他的高三复习生涯就此开始了。

每个人都埋头苦读，小风看着这里的每一个人都在拼尽了全力去做一件事，他们是错失了一次机会的人，他们每一个人，为了各自不一样的人生，挑战一样的高考，他心里总是衍生出莫名的感动。

每一个为了未来奋斗的人都值得尊崇。

小风依然会逃课，但是对于他的缺席，大部分时间老师选择视而不见，然而奇迹的是，尽管如此，小风的成绩却在突飞猛进，老师们都大为惊叹，他们说他是一匹沉睡的黑马，现在终于醒过来啦。

送资料过后，小风很久没有再见过尘，在一次季度考试成绩发榜后，尘抓住了正打算翘掉晚自习去网吧的小风。

他给小风一罐可乐。

"奖励。"

"谢谢，状元"

"别乱叫。"

"好的，学霸。"

"最后几个月了，你就不能专心复习吗？"

"我一直在专心复习啊，就因为你不想做我学长，我

已经   能暂停几个

月？

有多嗷嗷待

哺，   转自己非人

的命

见面的机会

也

五点起床，永

远   候，他已经把

自   当天完成纠错，

远远超过班级

班上所有同学

教室里，他一个

人趴在课桌上睡着了。

尘坐在他邻座，看见他明显的黑眼圈，桌边的书突然间轰然落地惊醒了他，他看见尘惊慌地去接那摞书。

"不是我。"

"谁信啊？"

"人都走了，也该醒了。"

小风伸了个懒腰，环顾四周。

尘说："但是你得跟我走。"

"你大二的时候再来接我吧，今天就不跟你走了。"

"想得美，你只有一次机会。"

尘在初中的时候还算不上学霸，学习成绩处在中上游，他和小风是初中快毕业的时候才认识的。那时候，小风是全校第一，小风告诉他："虽然你现在还不能认识到学习成绩对自己有多重要，但是如果有一天，当你真正想要去成为一个什么样的人，而自己的理想受到成绩的阻碍的时候，你才会知道后悔和无奈，其实是这个世界上最没用的东西。弥补的代价可以大到你无能为力，生命是最不可浪费的东西。"

尘觉得，其实小风也是自己的救世主。

之前小风和尘回家走同一条路，两个人好久都没有一起悠闲地回家。

尘刚搬来的时候，放学看到小风走在前面，心里一阵窃喜，却又紧张不敢向前打招呼，小心翼翼地走在小风后面，没想到小风竟然转过身对他说："你在跟踪我吗？"

后来小风要去写作，他们聊了很久，小风说："我只是终于知道我想做什么了。"

小风最终没能和尘考进同一所大学，也没有选择复读。虽然他读的大学稍逊于尘，但是始终坚持做自己热爱的事情。

尘在大学的时候选择了读金融专业，高中的时候，他就对这方面颇感兴趣。他在大学里依然没有松懈，学校奖学金永远有他的一份，他保持着高中时的自律和勤奋，大学毕业保送研究生。

在努力中他更加确定了自己的目标。

初上大学时，小风就在文学界小有名气，上大学以后，他将更多的精力投放到写作上，越来越多的人看到他的作品，称赞他，传播他，大二的时候，他出了自己的第一本书。

小风成为了作家，离他当初的理想越来越近。

小风寄了一本自己的书给尘，后来尘问他："你是不是写的你自己？"

小风说："对。"

当你全力以赴去做一件事，过程远比结果有意义。

当年小风为了去网吧写作节衣缩食，为了节约网费，稿子都是提前手写完成，去网吧只需要迅速地敲字，网吧里也有很多其他逃课的学生，他们三五成群打游戏。于是他选择在角落里，有人发现他，会小声与同伴奚落他："他以前是我们年级第一，现在堕落了，早就不行了，他经常被请家长，网瘾少年。"

因为逃课，小风的爸妈从强硬扭转到任其发展经历了一段艰难的过程，他们一开始克扣小风的生活费，但是他们越克扣，小风越节约，有时候太晚，小风只能选择在网吧通宵，随身带着课本，坐在角落里复习，一天只能睡四五个小时。

那段时间是最难熬的，得不到家人的理解，身边没有可倾诉的对象。他承受的远不止身体的疲劳，还有内心巨大的孤独感。他在一众逃课打游戏的学生中出了名，他们无法理解他的行为，尽管他们对他的小说津津乐道，但是他们不知道，其实作者就是那个坐在网吧角落里被他们嘲笑的人。

有时候他回想当初与尘的对话，尘问他："如果只是你三分钟热度，做到一半无法再坚持下来了怎么办？"

他说："不会的，我选择的，我会负责到底。"

后来当他精疲力尽时，总会想起自己当时的话，再一次确定这是自己选择的道路，走下去能到达自己想要的未来，每一次确定，他都能够重塑一次信心和勇气。

他无比清楚，自己想要的未来，不是频频让他请家长的班主任能给的，不是向他表示过极度失望的父母能给的。

人生是自己的，过去，现在，将来，都完完整整地属于自己，想要成为什么样的人，想要什么样的未来，都取决于自己。

后来越来越多的读者问他，大二出版的书中，主角是不是以他自己为原型。

当初那些嘲笑他的同学，知道他就是当年写出在他们中间广为流传的小说的作者，通过各种方式联系他。

他不计前嫌，也见过其中一些人。

他们之中有些人因为没有考上大学，上了大专，毕业之后一直做着朝九晚五的工作，也曾不甘平凡，内心挣扎过，但随着岁月流逝，生活的重担一天天压在身上，越来越安于现状。

"去改变，去做自己，代价越来越大了，但是更可悲的是，我甚至不知道自己除了过这样的日子，还能过什么样的日子。"

也有的一些人，被安排接管家里的生意，每天处理各种琐事，不得不面对的复杂的人际关系。

"一把年纪了，也该结婚生子，只能把希望寄托给下一代了。"

而有的人到了适婚年龄，被安排了一个门当户对合适的结婚对象，过着不咸不淡的婚后生活，除了衣食无忧，生活对他们来说并没有多大的意义。

他们从前觉得生活本该如此，似乎每个人都过着本就该属于自己的生活，命运对他们早就有所安排。

他们大部分人对小风说："如果我当初也能像你一样，早就知道自己究竟想要过什么样的生活，我也一定会一开始就排除万难，为自己的理想拼搏。"

但是他们并没有意识到，在被生活安排之前，关于未来的主动权，其实一直掌握在自己手里。

可以茫然，但是并不代表可以不努力。

就如同机会永远掌握在有准备的人手里，能把握机会的人才能把握自己的未来。小风告诉尘的那些话，他也曾向其他人说起过，但是只有尘真正明白了其中的道理。

如果你现在不知道自己想要什么样的未来，那么目前至少要为将来能够自由选择而努力。

■ 你的坚定让全世界都不会拒绝你（作者：三耳姑娘）

不经一番寒彻骨，哪得梅花扑鼻香；不经历风雨，怎能见彩虹？人生就是一场比赛，出生的起点相差无几，漫漫的修行却改变了人生的轨迹。对自己从来不放弃的人，注定拥有不平凡的人生之路。

得知小奚结婚时，群里炸开了锅。倒不是他娶的妻子貌美如花，而是年纪轻轻的小奚，竟然悄无声息地就把自己几年前规划的事情完成了。

关于小奚的故事，还要从小奚坐在我前面的座位说起。刚毕业时，很多人怀着一腔热血进入公司，心中燃着熊熊烈火，恨不得自己早早做出一番成绩，顺利地得到领导的赏识，从此走上升职加薪的梦想之路。

小奚就是这样一位年轻人。

记得那是四月份的一天，小奚被安排在我前排的座位开始办公。我对小奚最初始的印象是，他是一个腼腆不爱讲话的男孩子。

刚开始工作时，他就展示了自己的专业技能，凭着聪明，很快就对工作环境熟悉了，与相关部门的人员关系也建立了起来，很快，很多同事过来找他解决问题。

偶尔出于好奇，我也会走到他跟前，看着那些看不懂的代码，由衷地佩服能看懂的人。也是在这样的环境中，我与小奚逐渐熟悉了。

对于刚毕业的小奚来说，他很清楚自己需要发挥在这个领域的专业性，以及在工作的过程中学习提高自身的职业技能。小奚对于自身的提高从来不懈怠，一有时间，他就泡在测试部，跟着他们学习各个环节的工作，遇上不懂的问题，当场就请教，弄懂为止。

短短数月的时间，小奚就已经掌握了公司几大主要业务的运营模式，并且对于问题的发生能及时处理。技能水平超越了当初带他教他的前辈。

"天妒英才"，超常发挥的小奚也遭到了周围人的质疑。小奚还没明白发生了什么，就被领导调整了工作内容。一些重要的项目也被拿出来分给了别人。

这样的事情发生在谁的身上，都会无比郁闷。那些日子，小奚每日苦恼，他甚至开始怀疑自己。难道学习快也是错？难道了解得多也不行？世界是公平的，但社会不会公平对待每一个人。

身为局外人的我，未能为小奚找到可行的解决办法。

犹记得那个夏天，我和另外一位伙伴陪着小奚站在公司楼下，看着远处的蓝天沉默无言。最后，我郑重地拍了拍小奚的肩膀，说道："解决问题是你的强项，这么一点事就把你打垮了，那你以后还怎么活下去？！"

就这么一句话，仿佛打开了小奚的心结。他很快就收拾了自己的心情，回到工作中。

既然领导拿走了重要的项目，他就要把手上目前不受重视的项目做成被重视的项目。抱着这样的决心，小奚对自己的工作安排进行了详细的规划。他做的工作计划，甚至超越了他自身的岗位职能要求。

这一次，身边的人都看到了小奚的变化。他不再是曾经那个满身傲气，凭着满身的技能高调周旋的人。人们看到的是低调沉默的小奚，每天都在测试旧产品，写方案，做策划。他也不再急功近利，一个小小的环节也要花上半天的时间调试完美。

整个链条上的人都被他的努力感动了，好几个人原本已经放弃他的业务，竟然也向他伸出了橄榄枝。然而这一次，小奚摇了摇头，他给自己定的目标还未实现，他不愿意再冒进，这一次，他只想静下心来沉淀自己。

那几个月，小奚从来没有正点下过班。好几次他在市区出公差时，遇上公司的急事，毫不犹豫地回到公司，赶紧处理问题。

经过半年的时间，那个交到小奚手里半死不活的项目，竟然奇迹般的重新有了转机。不仅用户量回升，就连一直拿不下来的合作项目，也开始有了新的突破口。而这里面最大的功臣当属小奚。

然而，环境总是带来很多不确定的因素。这样一块"大肥肉"，谁都想上来咬一口。本以为凭借这件事可以洗脱自己"冤屈"的小奚，竟然又一次被大家排挤了。

看清楚了现实后，我们本以为小奚大概要做出离开的决定了。正准备劝诫小奚时，他忽然释然地笑了。

"我连半死不活的项目都可以救活，怎么可能救不活自己呢？娜姐，你不是说了嘛，解决问题是我的强项。就当我头顶的阳光被乌云遮住了，我需要发挥出更大的热力，扫除这一块大乌云。"

听着小奚"自我安慰"似的话语，我竟然眼角都湿润了。那一刻，我才发现小奚这个 90 后男生，身上那股子钻研的劲叫拼搏精神！

这一次不等领导安排，小奚已经提前筛选了没什么运营收入的项目，跟领导申请自己跟进。领导奇怪地看着他，再三确认他是不是真的要接这些项目。小奚的目光坚定无比，领导就不再说什么了。

拿到这些项目的那一刻，小奚高兴地晚上请我们吃了一顿大餐。席间，我们很不解，他怎么专挑这些没钱的项目来做？这对自己有什么好处呢？他的水平远在处理这些项目所需之上。

小奚喝下一杯酒，脸上噌的一下就红了，豪气地说道："我要把公司所有不赚钱的项目做成赚钱的项目！"

我们都觉得他在"痴人说梦"，但小奚接下来的动作让我们受到了打击。这一次，他还是梳理项目情况，制订工作计划，然而他不再一个人埋头苦干，而是关注每一个环节参与的人员。

虽然他自己有十足的把握，但他依然需要别人的支持和协助。原本工作满负荷状态的小奚成为了一个陀螺，公司随处都能看到他的身影。

他凭着优势，把自己学到的、学会的随手教授给别人，同时，换取别人对项目的支援。

公司内跟小奚接触过的人开始对小奚刮目相看，别的项目出现问题时，不好意思找小奚帮忙时，小奚听说了，第一时间赶过去，主动帮助解决问题。职场上从来不存在敌人，有的只是竞争对手。

小奚把自己的竞争对手发展成了自己的合作伙伴，当初被抢走的项目已经比不上他自己重新运作起来的新项目了。

那一年，称得上是"小奚年"了。小奚用自己的实际行动，为公司带来了千万元利润。他的事迹甚至传到了老板的耳朵中，老板钦定他是那一年唯一的一位优秀员工。当初换走他手里项目的领导，也对他委以重任。

在那段灰暗的日子里，假如小奚没有坚定自己的选择，假如小奚选了离开这里重新开始，假如小奚就此消沉下去，假如小奚放弃了学习，放弃了提高，放弃了拨开迷雾，也许他还可以找到其他捷径，也许他可以换一种方式成功。

但所有的方式都不如小奚在这里坚定地做出一番事业更能提高他自己。那段灰暗的日子，是小奚人生中最宝贵的时间，他在那段日子里，不断地挑战自己，不断地充实自己，在逆境中成长，在顺境中沉淀。

进入公司的第二年，小奚的工资翻了几番，他成为了中层领导中年纪最小的一位。经历过一年的改造，的行事风格低调了很多，唯一不变的是他做事坚定的态度和决心。

后来的时间，跟小奚聊天，小奚说："如果不是当初暗暗告诉自己一定要坚持下去，也许永远达不到现在的高度，得不到现在的成就。"

坚定的决心不仅体现在工作上，小奚对待感情、对待爱人同样坚定无比。他告诉自己，凡事自己不争取，自己不努力，自己不坚定，就算老天给了一副好牌，也会打得稀烂。

小奚对待事情的决心和毅力，让一起工作的伙伴心动不已。所有的项目都步入正轨后，小奚也顺利地收获了爱情。

那时候，我们还起哄说小奚人生圆满了，爱情事业双丰收了。闲暇时间，小奚与我们聊天，谈起了他的人生规划，就连什么时候买车、买房、结婚、生孩子，他都规划好了。为了这些人生目标，他从来都没有改变过自己的决心。

自毕业开始，他就告诉自己，没有完不成的事，只有不够坚定的心。事实证明，他做到了。

人生路上，我们总是认识很多人。他们不是今天决定做这件事，就是明天决定做那件事，很难坚定地把一件事从头到尾地完成。也有很多人，抱着很大的决心要做一件事，然而中途稍微遇上点挫折，就嚷嚷着受不了，说放弃就放弃了。

这几年，健身的人越来越多。我发现去健身的人普遍很瘦，他们健身的目的并不是减肥，更多是为了强身健体，以及调整形体。我不得不感叹，那些比我们瘦、比我们美的姑娘，竟然比我们还努力。

我们羡慕她们，却从来下不了决心踏出这一步。运动了一天，我们就呼喊着太累了；稍微活动筋骨，我们就觉得达到了人生的极限。一开始就没有把决心拿出来，还要怪世界拒绝我们变美。

世界从来不会拒绝任何一个人，尤其是当我们拿出一份必然的决心之时，光明就在前方等我们！

■ 静下去才能站起来（作者：松尤）

"夫君子之行，静以修身，俭以养德，非淡泊无以明志，非宁静无以致远。"

客厅里的那幅"静"字已经挂了好多年，在佑生还没有出生的时候，爷爷就把这幅字裱起来挂在最显眼的地方，用来警示自己和后辈。

爷爷可以说是书法界的泰斗了，常常有一字难求的情况出现，别人好言好语地求爷爷写个别的什么字，爷爷都不搭理，只愿意写这个"静"字，倘若有人跟爷爷说上两句好话，爷爷就会乐得铺纸磨墨，嘴里还念念有词："静好啊，静真的好啊，现在的人啊，太浮躁了，都静不下来，以后肯定站不稳。"

爷爷打小就想培养佑生往书法方面发展，但佑生年纪太小，根本就坐不住。他常常是刚拿起笔就忍不住地要胡写乱画，最过分的一次，他直接拿了爷爷最宝贝的紫毫笔画了只乌龟，贴在了爷爷书房门上，气得爷爷再也不肯教他任何书法知识。

见爷爷不让自己练字了，佑生正乐得清闲，他一直觉得练字既浪费时间又没什么用处，字体美观与否根本没那么重要，只有爷爷这种老一辈的人才看重字体的好坏，更何况，现在电脑手机这么发达，哪还有人用毛笔写字？迂腐，太迂腐了！

佑生一直浅薄地认为，练字除了能让字体美观些，别无他用。其实也不能怪佑生这么想，只能说尚年幼的佑生，没有参透书法里所蕴含的人生道理，直到他真正因为自己心性方面的不足而吃大亏的时候，他才恍然大悟：原来万物皆有乾坤，字墨皆是灵魂。

这几年间，佑生发现自己无论做什么都半途而废，没办法坚持到最后，每一次他都会为自己找各种各样的理由：太难了，太累了，没意思，没有挑战性……所有能找到的理由，都被他找了个遍，他不愿意坚持，也不愿意钻研，他甚至觉得所有困难的出现，都是为了为难自己。

佑生陷入了无限的迷茫之中，他也不是不知道自己的问题所在，但他就是没办法静下心来苦心钻研，这让他想到了小时候画画的时候，他要画一个漂亮的小女孩，可怎么画都画不好女孩的眼睛，他擦了画，画了擦，重复了几次之后，气急的他一把撕掉了画纸，在那之后，他好几年都没再摸过画纸。

现在也一样，佑生但凡遇到了丁点的困难，就会像当年撕掉画本一样，放弃已经有过的努力。其实佑生也下过决心：下一次，下一次我一定努力做到最后，一定要成功，可他还是像爷爷说的那样，屁股上有钉——坐不下去。

　　爷爷总是嘲笑佑生，说佑生是属风的，东刮刮，西刮刮，就是不肯老老实实地停一会儿。爷爷还说："崽子，还是跟着我写字吧，只要你老老实实的，不说多，半年，我跟你保证，半年之后你就跟换了个人似的，再也不会一身浮躁气息。"

　　佑生就这样又跟着爷爷学写字了，爷爷给他规定了，每天必须练够一个小时，从偏旁部首练起，一笔一画，不可糊弄了事。

　　练字的过程对佑生来说太痛苦了，横竖撇捺，哪一笔他不会写？可他要坐在这间小屋子里，写这些玩意一个小时，没写一会儿，佑生就觉得心烦意乱，胡乱写了几笔后他就跑到厕所里蹲在马桶上不肯出来了。

　　爷爷在门外喊佑生："我就说你是懒驴上磨，你果真就是头拉都拉不回来的懒驴，你想想你为什么要来跟着我学写字，不就是想磨磨自己的脾气吗？那你现在钻在厕所里算什么？干脆以后别跟我学写字了，我看你这辈子都站不稳当了！"

　　爷爷还没说完，佑生就垂头丧气地从厕所里出来了："我没说我不写，我就是出来上个厕所。"

　　爷爷还能不知道佑生心里想的是什么吗？他把佑

生拽到书桌前，把之前佑生练习偏旁部首的那张纸抽走，然后在新纸上写了个"静"字，责令佑生临摹十张这个字。

定能生静，静能生慧。

十张"静"字写完，佑生坐在书桌前一言不发，这是他少有的安静时刻。

"静"字，一共十四画，一笔一画写下来，佑生的内心就像是经历过一场大雨的洗涤，从波涛汹涌变成了水平如镜，刚开始的时候，他还觉得重复写这个字是一项毫无意义的活动，直到真的写完后，他才顿悟出书法赋予这世界的意义：安静自有力量。

爷爷练了一辈子书法，早就活成了仙风道骨的模样，品茶赏花，磨墨写字，佑生从来没见过爷爷着急慌乱的样子，他总是把每一件事都安排得井井有条，而且，不管什么时候爷爷的身上都自带淡定的气息。以前佑生不懂，现在佑生明白了：习书法之人，因气稳，因心平，所以比常人更有耐性，故而这些人比别人的专注性更高，智慧的气息也就更浓烈。

佑生反思自己，从小他就是调皮捣蛋的野孩子。刚上幼儿园的时候，他最多能在凳子上坐十分钟，不出十分钟他就会哭着闹着要跑出去玩，老师不答应他，他就撺掇别的小朋友跟他一起哭闹，等老师忙到没精力再管他的时候他就偷偷溜回家去，来回几次，幼儿园老师说什么也不让他再去幼儿园里学习了。

长大后的佑生依旧没什么改进，照样心气浮躁，无论做什么，但凡有一点不合自己心意的，他就会撂挑子不干。一二十年来，佑生做过的事情确实不少，可大部分只是开了个头便无疾而终了，其实他一直知道自己这个坏毛病，可一旦他脾气上来了，别说心静，不乱发脾气就算他有素质了。

练习书法两个月以后，佑生奇迹般的发现，自己竟然可以心平气和地面对一些不如人意的事件了，更难能可贵的是，在面对这些突发事件的时候，他不会再像之前一样发脾气，不会再撂挑子走人了，他会接受这些事件的发生，会坐下来和合作伙伴一起寻找出现问题的原因，一起找到解决问题的办法，他还会给大家加油打气，告诫大家千万不要暴躁生气，沉稳的人才更聪明。

大家都惊讶于佑生的改变，但只有佑生知道，这一切都归功于这两个月的书法练习，他从书法中参透的不仅仅是静下来才会写好字的道理，更多的是做人做事要安静下来。安静下来，内心才会告诉你正确的道路；安静下来，你才会在嘈杂的世界里聆听到生命的真谛；也只有安静下来，才站得起来。

佑生再也不需要爷爷强迫他练习书法了，他每天都会像爷爷一样，把自己关在书房里磨墨写字，当然，他写得最多的还是"静"字。每一天，他都要用这个字来提醒自己，要心静，静能生慧。

世界上从来都不缺少不可思议的事，当初那个死活写不了毛笔字的佑生，后来竟成了当地书法协会的会员，有人问佑生：书法的魅力到底在于什么？为何你如此执着于它？

佑生想了很久，说："它使我安静。"

美国作家皮克·耶尔写过一本书名叫《安静的力量》的书，书中有这样一句话：安静是生命的力量，也是生命的艺术。

安静下来其实是一种自己选择的智慧，是自己给自己最大的恩赐。因为能够安静下来思考，所以爷爷是个睿智的老头；同样因为杜绝暴躁选择安静，所以佑生能把困难简单化。

在此之前，佑生一直以为，安静下来是对现实生活的妥协，是自己走投无路之后对生活的投降，是发现自己无能之后沉默地认输，但后来，佑生发现，安静其实是一种积蓄的力量，是表面的风平浪静里暗藏的波涛汹涌，是以笔代剑，是生命里最轻也最沉的力量。

佑生后来也写了一幅"静"字挂在了自己的房间里，不过没多久这幅字就被他转赠给一个高中同学了。

这个同学在读书的时候和佑生是截然不同的两个人，佑生爱动，同学喜静，读书的时候两个人的成绩都不好，佑生静不下心来潜心钻研，成绩也一直都是一瓶子不满，半瓶子晃荡，但这个同学面对学习这件事的时候，处理方法截然不同。

这个同学就坐在教室最后一排的墙角，他不爱说话，上课也不怎么积极回答问题，每天都安静地进教室看书，沉默地做完老师布置的作业——虽然作业做错很多。

那个时候，大家都不怎么懂得静能生慧这个道理，每天看着他像一尊雕像一样坐在座位上读书写字，佑生心里总觉得他这种愚笨的学习方法带给他的肯定是失败，不承想，三年之后，他竟考取了南方一所重点大学。

重逢之后，他跟佑生说："读书的时候，那最隐蔽的一角带给我的是别人永远体会不了的安静，因为这份安静，所以我能够一点一点钻研课本上的难题，也是这份安静，让我全身心追寻我的理想。世人皆因浮躁而终身抱憾，而我唯一能做的就是减少我的浮躁，静以修身，静以养德。"

我们都曾被或大或小的事情搞得焦头烂额，心中的无明业火也或多或少助长了我们浮躁的劣根性，但其实，只要静下来，我们就会发现，所有的事情都能完美解决，所有的暴跳如雷都可以化作如沐春风。

静，生慧，静下去才站得稳！

■ 跳不好舞的人总是抱怨自己的鞋子（作者：言冗）

"试问谁不想从头来过，但世间又有多少爱可以重来呢？时光如同白驹过隙，我们再也回不去了……既然回不去，我们又如何从头来过？"这是《春光乍泄》里面的一段台词，正值青涩年华时，我觉得这只是单纯的情爱话话，可当时光把年纪变成了阅历，把风霜变成了皱纹，把经历变成了霜鬓，我才慢慢醒悟过来，这何尝不是一种人生态度？

初见苏曼，是在一家舞蹈培训学校，我去采访这个培养出很多优秀舞蹈家的舞蹈老师，她一身旧式旗袍，满脸恬静地站在舞蹈教室的角落，声音洪亮，正在指导学生们跳舞。

采访前的功课，我是一早就做好了的，苏曼刚开始并不是专职老师，舞蹈学院毕业之后，她也参加了很多比赛，开始闻名于这座城市，慢慢地，随着比赛级别的提高，她开始闻名于更大的舞台，在更著名的比赛中获得举足轻重的名次。可她在正负盛名的时候，突然退出舞坛。转而到这样一间不大不小的舞蹈学校当了舞蹈教师。

当时，社会舆论压力很大，有很多人认为苏曼这样做并没有考虑家人，也有人说她年纪大了，也该把舞台让给别人了。还有人说，苏曼心高气傲，一看就是输不起的人。种种流言出现在苏曼退出的前两年里。

她没有出来解释一句，甚至一场公开的发布会都没有，一如她突然火起来一样，瞬间销声匿迹。那段时间，她一直在用化名在这家舞蹈学校工作，直到社会的关注点不在她身上之后，她才改回真名。这期间，有很多杂志和媒体想采访苏曼，她都拒绝了。

我这次能够采访到她，也全是因为发小的帮忙。等到一节舞蹈课结束，苏曼朝我的方向小跑着过来，浅浅一笑说："不好意思，这节课恰巧安排在这个时间段了。"

之前，我向发小打听过苏曼教舞蹈之后的近况，发小说，她嫁给了一个完全和舞蹈无关的人，对方是公务员，踏实稳定，一切都只是刚刚好。可就是这样在外人看来并不登对的两个人，却是发小眼中最为恩爱的夫妻。苏曼总是有一个自己的时间点，一旦超过这个时间点，她就会推掉所有的应酬或是工作，安安心心地回家照顾丈夫孩子。

这样一个自律的舞蹈家，迎面走来的时候我就能感受到她身上的气质，自律，知性，透露出来的并不是十八岁少女的情怀，而是成熟女人的魅力。

她邀请我到她办公室完成访谈，跟着她出舞蹈教室门的时候，她的步伐不紧不慢，似乎刻意同我保持一致，路上，我问了些关于她现在舞蹈学校的情况。

一切就绪后，没等我开口询问，苏曼便开口说："我知道你想问什么，也知道你好奇什么，你一定会问我为什么在取得那么大的成就之后突然匿迹。"

我轻轻摇了摇头，笑着说："不是，我是想问你如何取得那样大的成就，几乎没有人能超越你。"

苏曼愣了一下，但接着便侃侃而谈，看她不停地讲话，我便明白，这个问题才算是这场采访的开场白。

苏曼从三岁开始学习舞蹈，同所有舞蹈大家一样，她一路从中学到了舞蹈大学，从一个危机感并不那么强烈的小县城，来到周围的同学几乎全部和自己是竞争关系的舞蹈学院。

高中之前，她对舞蹈鞋的要求是非常高的，一定要是三莎牌的当季新款，一定要是最贴合自己双脚的。而且她之前接受的教育都说对于舞蹈家而言，鞋子是至关重要的一个因素，所以她对鞋子非常看重。

大学一年级，许多从不同地方来的，有着不同教育背景的同学，聚在同一个班，还要一起排练节目，一起出谋划策，磨合期之后，她感到了深深的自卑。她在小县城里时不觉得跳舞的人多，自己有特长，所以她觉得自己独一无二，觉得自己有优势，可进入专业的舞蹈学院，身边的同学都是这个专业的，大家的特长一致，大环境下所有人都一样，有特长也变成了没有特长。

她开始拼命地练舞，但每次都被老师批评舞姿不够放开，并不能达到老师的要求，当时带她的老师，也是舞蹈学院资历最老的老师。一而再再而三被老师批评之后，她在课堂问老师，她究竟哪里做得不好，为什么大部分人合格了，她却要被留下来一再地练习。

老师眼眉一扫，淡淡开口道："你太在意自己脚下的那片地方了。"

她当即便愣住了，十几年的跳舞生涯，就算她基础再差，也是考入舞蹈学院的人，对于舞者而言，一双自己精心挑选的好鞋子，就是自己的全部，现如今，老师竟然觉得她最大的问题是太关注自己脚下的鞋！

老师接着说："我知道你怎么想的，你觉得对于一个舞者而言，最重要的就是鞋子，是吗？"

她点了点头，老师又说："是要注意鞋子，大小、摩擦程度的确要关注，可你在整个舞蹈过程中，时时刻刻关注自己脚的舒适度，而完全忽略了你真正应该注意的问题。你是一个舞者，不是一个在这里光是做做动作的演员。"

她呆呆地站在原地，一句话也说不出来，她也在探索如何跳得更好，照着镜子一遍遍把动作朝标准靠齐，这样也算错吗？

老师接着说："你明白自己跳舞到底是要表达什么吗？"

她抬起头，低声说："动作是否标准，身形是否优美。"

"这的确是评判标准的一部分，可你看看历史上多少优秀的舞者，你不用放大镜头看他们的脸，光看他们的动作，气势你就能明白，那是他，那是他该有的舞姿，跳舞，最重要的并不是动作是否合乎标准，而是舞蹈的神，舞蹈要表达的内容被你的动作完美地诠释出来。

"苏曼，你记住，跳不好舞的人都会抱怨自己的鞋子。"

老师最后留下这样一句话便离开了教室，她一个人在那里待了一个多小时，慢慢回想老师的这些话，她开始接受老师的话，然后回想著名的舞蹈家，他们每一个人之所以能够在舞蹈界扬名，凭的并不是合乎标准的舞姿，而是他们的身形让人过目不忘。

她突然想起自己在上芭蕾舞课时，常常被老师要求光脚完成各种动作，她这才发现，原来没有鞋子的时候，也可以完成各种舞蹈动作。而舞蹈并不因为鞋子的好坏而受到影响，那些跳不好舞的人，才会抱怨自己的鞋子不够完美。

舞蹈教室的玻璃前，苏曼一遍遍看着镜子里自己的动作，她脱掉鞋子，慢慢感受脚尖的那种真实而直接的触感。舞者并不是因为动作标准就能被大家称赞，而是因为舞蹈的蕴意，舞蹈的精神风貌，这些才是一个舞者应该追求并终身付诸实践的。

她好像在那天突然之间茅塞顿开，她突然明白了，之前自己跳舞觉得不对劲的地方究竟是哪里，她开始慢慢领悟舞蹈究竟想要展现和诉说什么，她开始追求一个真正的舞者应该有的模样。她开始参加各类比赛，从小地方到大城市，从国内到海外，她当选手，做评委，然后遇到了那个能够陪伴她一生的先生。

我看着低声叙说的她，发现这个跳起舞来那么认真的苏曼，在做别人太太、做别人妈妈的时候更迷人，她眼里的知足和幸福，让她变得更加光彩。突然，她的话又响在我耳边："跳不好舞的人都会抱怨自己的鞋子，如果你真的喜欢自己目前的职业，就请少一些抱怨，多一些感知和努力。"

采访完后，她送我出舞蹈学校的校门，一路上都在对我讲整个校园的布局，站在我面前的舞蹈家，并没有昔日盛气凌人的气质，而是一个普通的老师。

人生并没有我们预计中的那么长，每当我们想要偷懒，想留着事情等以后再做的时候，其实已经将上天留给我们的机会白白抛弃，而最好的选择，就是不论在追梦的路途中遇到了多少困难险阻，无论经受了怎样的困惑不解，都请在心底告诉自己：跳不好舞的人都会抱怨自己的鞋子。

终有一天我们都会长大，终会明白这句话的真正含义，生活不就是且歌且行吗？抱怨再多又有什么意义呢？倒不如拿出十二分的精神来面对千磨万击。

■ 请你为梦想披荆斩棘（作者：王秀卓）

任何的收获都不是巧合，而是通过每天的努力与坚持得来的。人生因有梦想而充满动力。不怕你每天迈一小步，只怕你停滞不前；不怕你每天做一点事，只怕你无所事事。执行，是一种坚持！

每个优秀的人都有一段沉默的时光，熬过那段日子需要付出很多努力，忍住孤独和寂寞，不抱怨、不诉苦，日后说起时连自己都能被感动。他们应该为熬过那段时光感到自豪，因为那不是随随便便就可以做到的。

流星划过夜的脸庞的那一瞬间，许多人会轻轻闭上眼，默默地在心里许愿，希望愿望在某个星光灿烂的夜晚实现。这个不知从哪里流传开的说法，使得许多的人在无数个夜里，寻找那转瞬即逝的流星许愿。可是多少人的愿望实现了呢？流星只是一颗坠落的星星而已，它在划过夜空的时候，没有任何力量去帮助那些对着它祈祷的人了。这一瞬，它只有发出一生中最美丽的光芒的权利。向流星许愿梦想就会成真，这个说法是不切实际的，梦想是需要我们去追逐的。

何为梦想？太阳落到树林的下面谓之梦，用心在看那片树林，谓之想，如此，追逐梦想就是执着地追求、渴望到达那片有夕阳落下的树林。

追逐梦想的路在哪里？我们并不知道，但是不知不觉中，我们已经踏上这条漫长的路。

有个关于蚌与沙子的故事。蚌说自己经历无数次钻心的痛才将一粒毫不起眼的沙子培育成一颗璀璨的珍珠，沙子说自己在经历蚌无数次的折磨后才蜕去以前那层干枯的皮。虽然双方各执一词，但他们的梦想都是将沙子变成珍珠，并为之付出代价。执着追寻梦想的我便记住了这个故事，然后用这个故事来激励自己，勇敢地面对前方的坎坷，永不言败。

人生就是追逐的过程，我与别人站在同一条起跑线上，望着远方灿烂的朝阳洒下温柔的光辉，世间的一切事物都仿佛镀了一层金，承载着向往与渴望——那山峰直插云霄，梦幻而又神秘，华美而又绚丽，此刻的美景震撼我那幼小的心灵。我想，此时此刻，世上所有来到人世的新生儿，眼睛都会是亮晶晶的，闪烁着怀揣梦想的喜悦泪花。

我曾一次又一次摔倒了再爬起来，带着伤痛咬牙坚持；我曾一次又一次将心中的苦闷向星星倾诉，得到的却是沉默。一路上，我曾被许少美丽的风景吸引，却又被对面飞驰而过的车轮带起的灰尘挡住了视线，于是，我又擦亮眼睛去寻找，并且竭尽全力地去追逐，我竟然迷失了方向，进入了一望无际的荒漠，行走在暗黄色的世界里，似乎连天空也暗黄一片，紧紧地向我压过来，使我难以呼吸，我竭尽全力地挣扎着。

此刻，我多么希望有一双翅膀让我展翅高飞，飞向高空俯瞰地面，能看到目前的一切并不可怕，可怕的是没有找到方向。只要找准了方向，就会突破自我，心境就会明净。看透了失败与成功之后，一步一步踏踏实实地向前走。眼前的风风雨雨，日后都会变成美好的回忆。我们要保持一颗勇敢的心，去追寻梦想。

屈原有一个梦想，希望楚国强大起来，抵抗秦国的进攻。"路漫漫其修远兮，吾将上下而求索。"这不仅是他心路历程的写照，更是他追逐梦想，实现梦想的决心。

人的一生短暂平凡，能够成为伟人的屈指可数。大多数人在人类进程中，只不过是一颗流星，转瞬即逝。正因时光飞逝，所以我们要珍惜时光，如同老人与鲨鱼搏斗，看似很辛苦，可是与成群的鲨鱼斗智斗勇，其中的欢乐与思索，沉静与兴奋，是任何事物无法比拟的。所以有人说："做一件事情，结果带来的喜悦，与过程中带来的喜悦是无法比拟的。"我想，人生也是如此吧！人生之美，美就美在过程，而不是结果。人生之美，美就美在追逐梦想，而不是仅仅实现梦想。

怀揣梦想，用一生一世去努力，不管路途布满荆棘，曲折蜿蜒。从不怯懦，勇敢地去追梦。

成功路上必定有讽刺与讥笑，让人难以承受。不过，有了毅力我们便可以坚持下去。只有坚持下去的人，才站在梦想上，满足自己的心愿。有梦想未必能成功，有些人光说自己的梦多么伟大，今天不做，明天不做，是不会有什么成就的。只有坚持，梦想才能实现，闯过困难与危险，我们才能笑到最后。

实现梦想的过程很长，实现梦想最大的秘诀莫过于坚持，坚持是实现梦想的金钥匙。

梦想是被海浪冲上岸的贝壳，它们斑驳迷离、色泽明艳、闪闪发光。别林斯基曾说过：在所有的批评家中，最伟大、最正确、最天才的是时间。我知道时间永远是最公正的，它不会倒转，也不可能因为我们而改变。所以，我们要抓紧时间，努力争取。

我们要肆意享受现在的时间，做好准备迎接下一个人生阶段，一生都幸福无悔。即使我们的梦想不及想做科学家的人的梦想伟大，不如要当医生的人的梦想高尚，没有要做老师的人的梦想无私，但坚守自己最本真的梦想，并努力实现，就是最骄傲的事情。

追寻梦想的路上，我们乘风破浪，披荆斩棘，摘取最美的鲜花，送给努力奋斗的自己，让我们的人生更有意义。

○ 第四章

● **遇见更好的自己，享受更好的生活**

　　这个城市风总是很大，有梦想的人总是晚回家。有时候，我们想通过漫长时光来掩盖伤疤，可是当这段日子过去，你又会哀怨那个毫不作为的你。殊不知，只有当我们披荆斩棘，为自己出征才能让伤疤消失，享受肆意人生。

■ **奔跑起来吧，风都会是甜的**（作者：暖青）

　　追寻梦想的道路上，注定要披荆斩棘，有些人坚持下来，有些人中途退缩了，坚持下来的人终获成功，半途而废的人注定失败。你呢，会选择哪一种？

住我家对门的爷爷，他的孙女小歌特别喜欢唱歌，立志长大后成为一名实力派歌手，唱自己喜欢的歌。她本名叫李丽，为了表达对唱歌的喜爱，对她父母软磨硬泡，费了好一番功夫，总算是把名字改成了李欢歌。瞧，多明显的意思，喜欢唱歌。

她对于音乐的喜爱，源于一名歌手。那时的她正经历人生中最伤心的时候，她从小玩到大的伙伴，生命止于高二暑假的一场车祸中，小歌很是伤心，不敢相信好友就这么离开自己了。那时的小歌，第一次明白了"死亡"的含义，可她心里不敢相信这个事实，夜深人静的时候，常常一个人躲在被窝里流眼泪。

一次放学后，小歌如往常一样坐公交回家，途中，从广播里传来歌声让小歌听后瞬间泪流满面，那歌声婉转低吟，直击内心，让小歌想到往日与好友相处的点点滴滴，那一刻，好似朋友就站在自己的眼前，从未离开过。

小歌认为是好友知道自己思念她，所以才会以这种方式告诉自己。原来，所谓的死亡并不是终点，那些离开的人，终会用另一种方式，陪伴对他们来说重要的人，时间会继续流逝，可记忆会埋在内心的最深处，不管时光如何变迁，埋藏在心底的过往，仍不会被忘却。

一首能慰藉人心的歌带来的作用是显而易见的，从那天起，小歌不再恍惚度日，她明白了，只有自己好好生活，才是对好友最大的怀念，心里想通了，小歌整个人重新变得活泼开朗起来，学习上也有了进步。长大后成为一名歌手的梦想，从此在她心里扎了根。

确定了自己的梦想，小歌便开始努力，可是达成梦想的路困难重重，首先便是来自她父母的反对，俗话说"母严父"，在一个家庭中，父母双方总是一个人唱白脸，一个人唱黑脸，随着孩子的成长，配合得愈发默契。

小歌的父母便是如此，即使小歌和他们解释了其中的原因，他们仍反对，小歌的妈妈瞪着眼睛，一副愤怒的模样，嘴里说着小歌是在痴人说梦，而小歌的爸爸在一旁好言相劝，语气虽然温柔，但反对的意思很明显。

小歌自己也明白，这是因为在他们心中，成为一名歌手对他们这些普通人而言是一件虚无缥缈的事，还不如老老实实学习，将来大学毕业后找一份在国企的工作，这样显然更有保障。

虽然父母反对的态度如此坚决，但小歌没有就此放弃，知道妈妈平时嘴硬心软，便在妈妈面前大哭了几场，表达了她的决心。看见女儿如此难过，小歌的妈妈只好妥协了，把收起来的乐器都还给了小歌，并给小歌报了一个音乐辅导班。当然，这一切的前提是期末考试，小歌必须考进班级前五名。小歌当即点头答应了。

小歌终究用事实证明，爱好并不会耽误学习，期末考试成绩出来了，小歌考了班级第四名，连老师也特意打电话告诉小歌的父母，小歌进步很大，在百人班里，由原来的近二十名进步到前几名，可想而知，小歌有多努力。

过年的时候，小歌来给她爷爷拜年，当只有我们两人时，小歌在我面前说起了整件事的经过，我看到了她狡黠的目光中，透露出青春洋溢的气息，以及对未来的憧憬，本来我打算听从小歌爷爷的话劝劝她，高考快到了，让她把学音乐的时间和精力全部改放到学习上，全力备战高考，可这一刻，看到小歌神采飞扬的脸，我犹豫了，即便脑海中已经酝酿出很多委婉劝她放弃音乐的话，一张嘴，还是只吐出了两个字："加油！"

小歌笑着冲我点了点头，说她一定会努力的。

高考是每个高中生都要经历的，虽然残酷，却不容退缩，考试结束填报志愿的时候，小歌果断在第一志愿栏上填报了外省一所知名音乐大学，小歌的父母本来想反对的，可回想起小歌这近一年来的表现，他们决定还是尊重小歌的想法，毕竟小歌追逐梦想的勇气是十分难得的。

小歌如愿以偿被自己心仪的大学录取，入学后她将自己的大学生活安排得井然而充实，她和几个同学一起组建了一个名为"逐梦"的乐团，她担任主唱。小歌和团员们除了练歌，就在各大活动中表演，渐渐地，"逐梦"乐团的名声在校园里传播开来，主唱这个身份，成为了小歌最显著的身份标识。

原本以为生活会一直善待她，接下来小歌却遭受了一连串的打击，先是约定好会一辈子在一起唱歌的团员们接二连三地退团，接着她投给音乐公司的歌曲小样被一首首地退回，那段日子，小歌将自己关在宿舍里，在继续努力下去还是就此放弃之间挣扎徘徊。

小歌还是决定咬牙坚持下去，当小歌在半夜时分打电话告诉我她的决定时，我问了她一句："小歌，这般辛苦你不累吗？"

电话里，小歌沉默了，而后苦笑着说：怎么会不累？

就拿那次答应父母要考进班级前五名来说，没人知道当初她从班级第二十名到第四名付出了多少，放弃了睡觉时间不算什么，可跨越心里的障碍是多么困难，那些往日一看就打瞌睡，勉勉强强才考及格的科目，却要强迫自己专注地去学习，可是一想到自己的梦想，她便有了努力的动力，对，她相信自己一定可以的，事实证明，她的努力并没有白费。

　　小歌说，她认真想了一下，若是她就此中途放弃，将来的她一定会后悔，与其向那些中途放弃以后却又不断后悔的人学习，还不如去学习那些咬牙努力坚持下去的人，至少自己倾尽全力努力过，未来便不会追悔莫及。

　　至此以后，小歌在追寻成为一名实力派歌手的道路上继续努力着，除了完成自己本专业的作业，其余的时间她都在写歌作曲。当歌曲小样一次次地被寄出，又一次次地被退回，小歌除了轻叹了一口气外，便没了其他情绪，她自告奋勇地给之前给予她建议，在一家音乐公司担任指导老师的前辈当助理，不要工资，只希望获得老师的指点。

　　前辈老师看她如此执着，便应允她跟在自己身边，究竟能不能学到什么，还是要看小歌自己的悟性，小歌当即欣然答应。

有天晚上，小歌下班后乘坐地铁返回学校，途中，经过地下走道时，看见一个青年正拿着话筒唱歌，与小歌并行的女孩忽然间停了下来，蹲下抱头痛哭了起来，看女孩这样，小歌忽然想到当初在公交车上因一首歌泪流满面的自己，音乐是人与人之间沟通的桥梁，走心的歌，定会引起共鸣。

实现梦想的道路上，从来都不是一帆风顺的，可只有不断地往前走，才能离梦想越来越近，小歌告诉我，她以前喜欢唱歌的确是为了怀念好友，但现在，她只想用自己的歌声带给需要的人温暖，让他们在难过的时候，听着歌，竟会发现，原来，他们并不是一个人——看，有人懂你呢。

小歌说，前辈老师告诉她，其实，唱好一首让听众感同身受的歌，并不是靠所谓的唱歌技巧，而是要走心。就像演员，只有将自己代入到角色里，才能把戏演好，而作为一名歌手，便是要将自己的情绪代入到歌声中。

过了几个月，我又接到了小歌的电话，在电话中，她告诉我一个好消息，由于她的歌在网上发布之后反响还不错，公司决定和她签约，并为她举办一场粉丝见面会，她邀我过去分享她的喜悦。

那天，我特意向公司请了假过去为她加油，看着她站在舞台上唱歌光芒四射的模样，我由衷地为她高兴。台下的观众将荧光棒挥舞成一片星海，站在舞台上的小歌注意到人群中的我，冲我挥了挥手，比了一个"OK"的手势。

我真是幸运，见证了一个努力追梦的人，终于实现了梦想的过程。关于梦想，不是一句喜欢就可以实现的，这中间需要付出的努力只有当事人自己知道，愿所有如小歌一样有梦想的人，都被幸运之神眷顾。

希望追寻梦想的人都努力奔跑，不被路上遇到的困难轻易吓倒妥协。只有当你努力了，坚持了，在到达梦想的目的地时，你才会发现，空气中都是香甜的味道，那是梦想之花为你盛开，芬芳而炽热。

■ 把抱怨内藏于心，把梦想外化于行（作者：言冗）

任正非说：狮子如果能追上羚羊，它就生存，如果它跑不过羚羊，只能饿死。羚羊如果抱怨不公平，那青草——羚羊的"早餐"该向谁抱怨？羚羊还能跑，青草连逃跑的机会都没有！羚羊要想活下去，只有平时加强训练，提高奔跑的速度，让自己跑得更快，即使跑不过狮子，也要比其他羚羊跑得快，只有这样才能得以生存。

周琦是我从小便认识的邻居，他是一名短道速滑运动员，从记事起，他就很少和我们这些小孩一起玩，似乎每天除了上学就是去滑冰场练习。小时候我总觉得他和我们都不一样，他没有寒暑假，没有周末，每天的生活就像定时的发条一样，到了固定的时间就要做固定的事情，即使这样，还是能听到他们家时不时传来的哭声和打骂声。

北方落后的小镇，很多孩子童年时很少会接触某一项运动，更别提从小就将滑冰作为职业的周琦。不仅是他，他的家人也承受着巨大的压力。那时候，他们时不时就会听到邻居的劝解，说这是不务正业，一直下去没什么出息，不如好好学习文化课。

每当这个时候，周琦的父母便会淡然一笑，不作任何解释，可在转身之后逼着周琦更加努力地练习滑冰。每个父母都想自己的孩子成为耀眼的人，就算是每天看起来不务正业的周琦，身上也承载着比我们更大的希冀和期望。

我第一次真正接触周琦，是在小学五年级的时候。

那一天，他和往常有些不一样，往常的他，总是在下课前半个小时就匆匆忙忙收拾好东西去训练场练习，可那天周琦一个人背着比他还重的书包，孤零零地走在前面，什么话也没说。他走得很慢，我跟在他身后，看他踢了一路的石头，终于走上前去。他看了我一眼，悠悠飘出一句话说："别跟着我。"

刚开始，他身上那种冷冽的气质确实让我一阵心惊，可我依旧慢慢跟在他后面，他也没再出声阻拦。我索性跟上去，大声同他讲话："你怎么今天没去练习啊？"

他没再说话，好半天才转过身，呆呆看着我，突然哇的一声哭出来。后来我才明白，那天是因为他之前练得太过刻苦，教练让他休息一天。他抖动着瘦弱的肩膀，哭泣了很久。

多年后，我回想起幼年时和周琦的这段往事，不禁敬佩这个最后成长为国家队速滑选手的周琦，他在小的时候就将梦想种在心田，然后用自己的耐心和坚持将它浇灌长大。谁都不知道这个过程中，他究竟想过多少次放弃，多少次想亲手斩断这个梦想。而现在，那个倔强而喜爱滑冰的他，就坐在我的面前接受采访。

他一身笔挺的西装，惨白的面色有些不同于常人，炯炯有神的双眼，礼貌地看着面前的我。依稀我又听到他说："别跟着我。"幼年的伙伴今日重逢，却是以不同的身份，坐在同一个镜头前完成工作，他还像幼年时那样意气风发。

我看着手里列的提纲，开门见山地说："你究竟是因为选择了滑冰而不得不努力练习，最终谋求一份职业，还是因为发自内心地喜欢滑冰，而让自己走在追逐梦想的道路上呢？"

周琦粲然一笑，周遭的空气似乎都凝固了，我又回想起小时候那个因为没被允许训练而大哭的他，那个孤独但倔强的小孩，很想听听他的回答。他语气轻柔，慢慢说道："小的时候，一个孩子很难分清楚做一个运动究竟是因为喜欢还是因为被逼无奈，可当我真正走到滑冰场的那一天，我觉得，全世界的玩具对我而言都不过如此，而在得知我的爱好能成为职业，而我也能以此为生时，我更加激动并庆幸自己选择了滑冰。"

对于一个小孩子来说，刚开始练习滑冰并坚定地对父母说自己想要以此为职业，会被认为只是一个孩子开的玩笑。周琦想要开启自己职业生涯的时候，也被质疑，被勒令停止，被嘲讽，可他不声不响，从不抱怨，从不多说一句无关的话，而是在滑冰场上拼命地练习，让教练看到他的潜力，让爸妈不再质疑他的能力。

梦想在没有遇到阻力时，总是一帆风顺的，他的梦想和其他所有人的梦想一样，在刚萌芽时生命力顽强，不惜疯狂训练成为教练口中那个有天分的孩子。或许是因为常年在滑冰场练习，他的脸看起来分外白皙，棱角分明的一张脸上写满了坚持。

很快，他的努力让他成为了整个儿童训练场中唯一一个能坚持整场滑冰的选手，教练毫无疑问向他的父母说出了孩子未来风光无限的话语，他也在父母的犹疑中，慢慢成长成为了最接近职业选手要求的滑冰运动员，职业生涯似乎就这样一帆风顺地即将开始，经过了刻苦训练的周琦，也以为自己的职业生涯就此展开。

可是，你越是在乎一样东西，这样东西似乎就越难得到，事情往往在最顺利的时候暗藏杀机。就在周琦满心欢喜地像往常一样来到训练场练习滑冰时，突如其来眼前一黑，他险些被冰刀划伤。

当他再次醒来的时候，已经是第二天中午，妈妈满脸泪痕坐在病床边，一边抹泪一边不住地埋怨爸爸让周琦任性地选了这样一条道路，周琦不在乎地笑了笑，本以为没什么大问题，可爸爸接下来的话，将他心中好不容易长大的梦想连根拔起。

对于运动员来说，贫血似乎是最严重的问题了，因为任何运动都要大量消耗氧气，如果没有很好的血液循环，完成规定的动作一定会受到阻碍，而过去的一个月，他拼命练习，小小的身体已经受到损伤，再加上他是早产儿，贫血问题显得愈发严重。

他得知这个消息的一霎那，整个世界黑了，耳朵里听不到周围人说的话，眼睛看到的纷纷扬扬的世界也全部变了样，所有的人似乎都在欢乐，都在打闹，可他知道，这些热闹和他无关。一心想要成为职业速滑选手的周琦，在那一刻全身的细胞都没了活力，他知道这意味着什么，一直苦苦追寻的梦想，就这样要化为泡影了。

他开始整夜整夜地失眠，之前辛苦练习保持得很好的身材，也因为长久的消沉变得不再适合速滑，他不去学校也不去滑冰，只是每天呆呆地坐在窗前，看着窗户外的孩子嬉戏打闹，可自己因为这一点疾病，就断送了一直支撑他向前奔跑的梦想。他父母一筹莫展，想劝他却又不知从何劝起，只能默默看着他整日无所事事，不说话也不上学。

整个世界似乎都在和他为敌，可他的心底一直憋着一口气，他想了整整一夜，终于明白，事情既然已经发生，就不能再有任何后悔的想法，他再懊悔，再消沉，也不可能让事情有挽回的余地，他能够做的，就是默默地接受治疗，迎接新生。

于是，从这天开始，周琦恢复了原本健康的生活作息，虽然不能过度地训练，但他依旧积极地提升自己的滑冰技巧，在不练习的时间里，也专注于自己的学业，学着和同学们相处，受到越来越多人的欢迎，最终不仅收获了原本从未奢望过的好学习成绩，还使得身体状况有所改善。

我看着眼前的周琦，浑身散发着的是阳光的味道，他的努力、蓬勃让他最终长成了自己梦想中的样子，我看着他，突然促狭道："我想请你给我的采访稿起一个标题。"

他轻轻一笑，明媚的笑容像是冬日里的暖阳，舒服且不刺人，日光沐浴下，他缓缓开口说道："把抱怨内藏于心，把梦想外化于行。"

我们都曾和周琦一样，是一个拥有梦想，拥有兴趣的小孩，只是在坚守这份梦想的时候，大部分人只会抱怨自己周遭的环境差，抱怨父母没有提供优秀的场地。可是啊，一帆风顺的人生叫传奇，充满忐忑的人生才耐人寻味。

愿每一个曾有梦想的我们，都能守护好自己心里最后一块净土，无论遇到什么困难，无论在追逐梦想的道路上受了多少苦难，请一定坚持下来，不要总是抱怨自己的处境。希望我们都能守住内心，把抱怨内藏于心，把梦想外化于行。要知道，从没有等出来的美丽，只有拼出来的辉煌。

■ 上天不会为难任何一个努力的人（作者：辛岁寒）

当你努力的时候，不要在乎结果，也许努力的过程让你痛不欲生，但结果来临时，你会发现，上天不会为难任何一个努力的人。

接到阿美电话那天，我刚从辅导机构做完考研第二阶段测试出来。

那天天很冷，寒风刺骨，从脸刮入心里，冻得我找不到话语去形容那刻内心的绝望和寒冷。

阿美在电话那天兴奋地大叫："木头！我要上电视节目了。"

汽车的声音夹杂着喧闹的人声，我听得迷迷糊糊，于是牙齿颤抖着，大声问她："你说什么？"

她又吼了一句："我要上电视节目了！"

我皱眉分辨了许久，终于在公交车急刹车时反应了过来，朝电话大叫："你说什么？真的吗？啊！我好激动！"

阿美也激动得在那头大叫。

但我们的激动没有持续太久，她太忙了，好不容易抽空来告诉我节目播出的时间，便匆匆挂了电话。

我举着电话愣了许久，眼眶一热，不知是为阿美而哭，还是为刚刚的测试成绩而难过。

大四上学期，当大部分同学已经找到工作的时候，我扎堆到考研大军里，每天起早贪黑，生活两点一线，拼命地学，将大学开学时飞奔出去的心，一点点在那个狭小的教室收回来。

在冬天的路灯下，天不亮就出门，半夜才回寝室。

而这样的付出，在第二阶段的考研测试中，并没有看到丝毫的回报。我内心的绝望和难过，就像洪水猛兽侵袭了我的理智。若不是阿美这通电话，我大概已经绝望到不想看见明天的太阳。

阿美对梦想如痴如醉，屡败屡战，如今实现梦想这般耀眼，我怎么能难过呢？

阿美是我的发小，我们从小在一个院子里长大，她和爸妈住在外婆家，后来我们因为搬家而各奔东西。

打我记事以来，她总是被家里人逼着学画画、舞蹈、音乐……那时我总是羡慕她的生活，她能有那么多的东西和机会去学习，而我因为家里的条件不好，只能远远地看着公主一样的她。

阿美知道我心里的想法，我们一起玩耍时，她便喜欢跟我讲她练舞时的趣事，还时不时来一段柔软的舞蹈，让我开心得哈哈大笑。

所有的才艺中，阿美最爱舞蹈。她曾说，舞蹈是肢体的表达，肢体是心灵的一扇窗，人们只有通过肢体动作，才能表达出内心。

小学时，阿美便将柔韧的身段练得亭亭玉立，她代表学校参加比赛，后来又代表区里参加比赛，她对舞蹈如痴如醉，不亚于我对文字的沉迷。

那个年代，当大部分孩子只知道在家玩的时候，阿美的父母已经领着她走在很多人前面。周末带她上各种各样的兴趣班，周一至周五又带着她去上补习班，我和阿美见面的时间越来越少。

小学三年级时，突然有一天，阿美的父母在小区里吵得不可开交，引来了许多邻居驻足凝望，我永远记得那天阿美躲在房间的角落里，把房门关得死死的，我怎么敲门她都不应。

没过多久，阿美便搬走了。

我哭着追她追了很远，她身边只有她的母亲。

她将手里捧着的洋娃娃送给我，说会回来看我。

后来，她便真的常常在周末回来。她取消了所有的兴趣班和补习班，她终于有了很多时间跟我一起玩，可我一点儿都不开心。

阿美再也不跳舞了，也很少笑。

一年以后，阿美凹凸有致的身材，随着她的消极而渐渐走样。当她五年级时，她比全班其他的女生都高且壮，男生们看她像看怪物，女生也不大喜欢和她玩，她变成了孤独的载体。

但她很少对我说在学校的情况，我们那时是两个互相取暖的孩子，彼此的伤疤，谁也不敢去碰。

初中时，阿美因体内激素不平衡，不得不去打调理激素的针，一针就要花好几千块钱，对于家庭来说负担极大。

我因为学业繁忙，很少见到阿美。

我问她："你疼吗？"

因为我是个极害怕打针的孩子。

她总是对我笑笑，摸摸我的头，说："不疼。"

身高、身材以及生活，让她从我的妹妹变成了姐姐。

我嘲笑她："你不要以为你比我高，就可以当我姐姐了。"

她苦笑着答我："没办法。"

而她眼底的寞落，让我心疼。

她原本是一个高高在上，在追寻自己梦想的道路上努力得如太阳的公主，却因家庭的变故，成为了高大、强壮又毫无女生气息的"肥姑娘"。她买不了正常的衣服，穿不了正常的裤子，再也没有了凹凸有致的身材，还要忍受别人的非议和冷眼，关键是她还失去了梦想。

高中以后，我再也没有见过阿美。

同一个城市，那么小，我们却再也没有见过。她后来去了哪里，读没读书，读的是文科还是理科，如今又长成了什么模样，我皆不清楚。

再见时，已是大二那年。

五年的分别，五年后的重逢，我站在那个车站，等待着这个半路走失的发小回到我的生活。

她穿着宽大的日系棉麻衣服，披着长长的发，画着浓浓的妆，踩着细细的高跟鞋出现在我面前，我有一刻的慌神，剩下的全是陌生感。

她笑着唤我："嘿，木头，认不出我了吗？"

我尴尬地笑笑："没，当然认得出来。"

她的身材并没有我像预期中的那样瘦下来，反而比初中时更胖。一个接近一米七的姑娘，拥有着壮壮的身材，走的还是超级成熟的风格，这怪异的"画风"，引来了路人的注意。

我脸上有些尴尬的神情，看向她时，她却仿佛早已习惯了，根本没有把这些收入眼睛里。

我笑问她："你的梦想是什么？"

她笑答："舞蹈。"

我迟疑了一会儿，忍不住问："你……确定？"

她点点头，指了指自己："我在减肥，我想上星光大道。"

这句话换作是在几年以前，我是信的。而分别几年后，我不禁怀疑起来。

最后她走时，问我："木头，你信不信？"

我摇摇头，耸耸肩："不信。"

她笑着指着我说："你等着。"

我调皮道："好呀好呀。"

一别，又是两年。

阿美已经很久没有跳舞了，她在不知名的专科学校，读着不知名的专业。

她上节目那天，我因为没赶上直播，看的网上重播。把进度条从开头一直拖到结尾，没有看到她，又再三跟她确认是那一期后，我又从头到尾把每个选手都看了一遍。

我生气极了。

本来学习的时间就不够，还要浪费这么多时间去看她。

直到她把那期她出现的时间点发给我，我才知道，原来是因为我早已认不出她。

阿美，不是阿美了。

或者说，她不再是从前那个高高壮壮、肥肥胖胖的姑娘。

如今的她，纤细，高挑，有气质，除了还有些圆润的脸能让人看出她曾经胖过，她身上很难看到从前的影子。

她站在舞台上，所有的灯光打在她的身上，她随着她的同伴认真地舞蹈，轻柔而婀娜。短短的几分钟，却仿佛有半个小时那么长，她的表演结束，我的心里还有一阵没有过足瘾的感受。

她站在舞台上，向所有人深深鞠一躬，听评委们的点评。

听着听着她便哭了起来，我也跟着哭了起来。

这一路的辛酸，一路的艰难，或许只有经历过脱胎换骨的人才明白。一句别人的肯定，胜过了所有。

主持人不相信，问她："听说你从前是个胖姑娘。"

她点点头："是的，我曾经胖过很多的姑娘。"

她带着哽咽的声音，讲述自己的过去。她说她曾经是一个胖子，胖到没有朋友，胖到连父母都嫌弃，她曾经放弃过舞蹈很多年，直到上大学，她又一次找到了自己的梦想。

我这才知道阿美这两年，过的日子太苦了。

她专科毕业的那年，便拿着自己兼职存的钱，到一个舞蹈机构做学员，一边学习，一边打杂，为了瘦下来，这两年几乎没有吃过米饭，吃菜也是三分饱，觉睡五分足，每天除了疯狂地健身，就是练舞，从早到晚都待在舞蹈房，看着自己日渐消瘦的身材过日子。

家里人很多次劝她放弃，找份好工作，再慢慢瘦，她皆不甘心。

她说，她的梦想，就是有一天站在全国瞩目的地方，让那些曾经鄙视她的人看看，她不是那个又壮又丑的胖姑娘，她也可以是一只优雅的白天鹅。

后来，她果然做到了。

一年以后，著名的舞蹈家到她所在的舞蹈机构参观，被阿美的执着和坚持所感动，破例收她为徒。她离开了重庆，去了北京，跟着师傅走南闯北地学习和练习，渐渐地，她身体里那个痴迷于舞蹈的灵魂觉醒。

她原本就立挺的五官，在她瘦下来以后，完全被显露出来，她摆脱了胖姑娘、丑姑娘的名号，成为了舞蹈团里受人瞩目的那颗星星。

她不仅成为了师傅最看好的弟子，也成为了团里被寄予厚望的继承人。

后来，她经过重重的筛选，经过节目组的检验，成功登上了节目的舞台。

她的故事，感染了许多像她一样曾经胖胖或者如今胖胖的姑娘，"每一个胖子都是潜力股"这句名言，在她身上表现得淋漓尽致。

我那时常常拿这句话去鼓励身边正在减肥的姑娘，也拿阿美的故事鼓励正在考研苦苦挣扎的自己。

上帝不会为难任何一个努力的人。

从那以后，我每当坚持不下来，想要放弃的时候，便会拿起手机看看阿美的微信头像，想着这句话，心中便好像瞬间注入了一股力量，变得精力充沛。

考研成绩下来的那天，我给阿美打了一个电话，她笑着宽慰我："恭喜你，虽然没有达到理想学校的分数线，但是也很不错了。木头，上帝不会为难任何一个努力的人，他看见了你的努力。"

我的心境，从追求结果到追求过程，皆是因为这句话。

很多总以为不会成功的事情，很多你不相信会成功的事情，或许便是因为你的努力和坚持，最后超乎常理地成功了。

很多努力，不是因为看到希望才去坚持，而是因为坚持才会有希望。哪怕在努力的道路上，你痛不欲生、痛得死去活来，总有一天，你会有收获，因为上天并不是视而不见，只是需要时间。

■ 踮起脚，梦想就在上方（作者：吾身）

当迷路的人漫无目的地行走在充满欲望的道路上时，他们从未想过，只要停下来，踮起脚，也许梦想就在头顶，只要伸手就能触碰到。

当收到小宇被清华大学录取的消息时，我正趴在办公室里睡觉。8月的天气还是那么闷热，即使开着空调，也让人感到昏昏欲睡。一声轻响打断了我的美梦，我努力地睁开眼睛，打开手机，小宇的消息随之跳了出来。

"哥，我被清华大学录取了。"

这句话的后面，是一张录取通知书的照片，"清华大学"四个大字，仿佛散发着耀眼的金光，而小宇的名字，正在这张纸的最前面。毫无疑问，这是小宇的录取通知书。

我一下子清醒了过来，拿着手机，看着照片，有点不敢相信自己的眼睛。我的思绪仿佛回到了两年前。

小宇是我二舅家的孩子，比我小几岁，我上大三的时候，他正在上高一。和大部分男孩子一样，他喜欢玩游戏，而且不是一般的喜欢，是着了魔的喜欢，换句话说他就是"网瘾少年"。从初三接触游戏开始，他就天天半夜从学校宿舍跳出去通宵上网，白天就在教室睡觉，醒来就拿着手机看游戏视频。平时父母给的饭钱零花钱，他几乎都用来上网打游戏，吃饭就是馒头咸菜就着自来水，似乎只有游戏才是他的食粮，似乎只有游戏才能让他兴奋，让他充满斗志。

二舅家并不是大富大贵的家庭，二舅两口子在郊区的工厂里挣着微薄的工资，养活支撑着这个家，小宇是他们唯一的儿子，唯一的希望。因为游戏，他们不知道打骂了小宇多少次，可是没有丝毫用处。把他锁起来，他也会半夜从窗户顺着管道爬下楼去上网；限制他的饭钱，他就跟同学借；甚至连放假他都不回家，就住在网吧。舅妈不知道多少次在深夜抹着眼泪，二舅的白发也越来越多。

初中毕业，小宇勉强进了厂里的子弟学校，上了高中的他，也并没有什么改变，还和以前一样沉迷于上网。一个学期过去，老师对他不管不问，二舅和舅妈也渐渐放弃，不再管他。

那年过年，作为家里为数不多的大学生，二舅请求我在去他家串门的时候和小宇谈谈，我明白二舅的心意，但是说实话，我心里没抱一点希望。

记得那天，小宇就坐在家里的电脑前，目不转睛地玩着游戏，他的眼睛里布满血丝，眼眶周围都是黑眼圈，脸色苍白，没有一点血色，杂乱的头发油腻腻的。

"游戏很好玩吗？"我问道。

"你不玩游戏吗？"小宇的眼睛一下也没离开电脑，手指在键盘上飞快地敲击，反问道。

"我玩，但只是用来放松和消遣。"我有些无奈。

"那是因为你没有感受到游戏的乐趣和魅力。"小宇的眼睛里突然闪烁异样的光芒，仿佛一位得到宝藏的海盗，他看着我，眼神里充满了不屑。

那天，我和小宇说了很多，把我能想到的大道理都和他讲了一遍，我没抱什么希望，他也压根没听进去。自从那天之后，我能听到的关于小宇的消息越来越少了，就连过年，也很难见到他的身影。

如今看到他发来的消息，我一下子回过神来，看着手机屏幕上的照片，在聊天窗口输入道："恭喜你！"

"想听故事吗？"小宇"秒回"。

说实话，我的内心早已好奇得犹如被猫抓。

"想。"我飞快地回复。

"故事很长，很苦。"我似乎看到了屏幕前的小宇陷入了回忆之中……

"那是我上高一的夏天，燥热无比。我报名参加了市里的一个电竞比赛，冠军奖金是 500 元。奖金虽然不多，但是我很想赢。因为我想向爸妈证明，我没有错，游戏也是可以挣钱的，我在游戏这个领域也是可以取得成就的。当时我玩这个游戏已经一年多，我自认为天赋数一数二，在整个市，恐怕也找不到几个像我这么厉害的人。但是那次，我输得很彻底，输得很绝望，我第一次感受到什么叫作卑微，自惭形秽。

"那次比赛结束得很快，开始还没多久，我就撑不住了。对方进攻凶猛，势不可当，犹如潮水，我根本无力抵抗。我清楚地意识到，我们的差距太大了，我们的思维、我们的操作，根本不在一个层次上，我放弃了挣扎。比赛结束，他来和我握手，我永远都忘不了他的表情，高高在上，趾高气扬，像一只骄傲的雄狮，眼神里充满了不屑。"

"散场之后，我默默收拾东西，周围的人还在讨论着刚才的比赛，尽管我很不想听到他们的言论，我还是听到了。"

"'听说了吗？这次的冠军好像是市重点高中精英班的学霸。'"

"'何止呢，听说还是个富二代。'"

"'他好像才接触这个游戏不久吧。'"

"'据说才玩了半年，就到了国服前几的水平。'"

"真是一个天赋异禀的人啊，我终于知道他的骄傲他的不屑来自哪里，在他的眼里，我恐怕只是一只小小的臭虫，轻轻一脚就可以踩死。"

"那天的我，犹如行尸走肉，满脑子都是那个人犀利的操作、骄傲的脸、不屑的眼神。回到家里，妈妈准备好了我爱吃的饭菜，看着妈妈日益苍老的面庞和爸爸头上越来越多的白发，我心如刀割。"

"我把自己关在房里，号啕大哭。我恨啊，为什么我这么没用？那些所谓的成就感，所谓的快感，在巨大的失败面前，犹如薄纸一般，一捅就破。那些虚无缥缈的感觉，就是我夜以继日废寝忘食所追求的吗？为什么别人家境优越，学业有成，天赋异禀，而我却像一只深埋土里的臭虫一无是处。我的拳头一下一下狠狠地砸在墙上，鲜血流下，我却浑然不知。妈妈使劲拍打着房门，止不住地哭着，生怕我想不开，而我又有什么资格面对为我担心的父母呢？"

"我静静躺在床上，第一次思考自己的人生，思考那条自认为正确的路。我想到了自己贫困的家庭，想到了年纪越来越大父母，想到自己这一年多的所作所为，为那些虚幻的东西所付出的一切，想到胜利者那骄傲的神情和不屑的眼神，想到同学对我的厌恶和敬而远之，我觉得我该醒悟了。"

"人们总说，做一个好人远比做一个坏人要难，难就难在要坚持不懈地做好事。我想，做一个好学生也是如此吧。"

"我洗了澡，剃了个光头，将电脑郑重地装在箱子里，放在床底，我在床头贴了一张大大的字条，上面写着：梦想就在头顶。我要和我的过去说再见，我要重新学习，我要重新做人。"

"说起来容易，做起来很难，网瘾就如同烟瘾一般，我的内心无时无刻不经受着欲望的折磨，就像一个许久未吸食鸦片的瘾君子，痛苦，难以忍受。而且长时间的日夜颠倒，我的生物钟紊乱，白天昏昏欲睡，夜晚神采奕奕，我的身心遭受着巨大的折磨。更要命的是，由于初三和高一的缺失，我的知识体系完全停留在初二，面对各门功课的进度，我望而生畏。

"我并没有因此放弃，我知道放弃意味着什么，我知道这条路有多难走，但是我必须走下去。我花了很长时间来克服网瘾，调整生物钟，我拿出初三和高一的课本，一本又一本地看，一遍又一遍地看，慢慢地艰难地弥补着我的缺失，构筑着我的知识体系。"

"每天早晨5：30，我准时醒来，用凉水冲一下脸就开始背英语单词。7：10到教室，开始背其他科目的内容。上课，认真听讲，做好笔记，下课就整理笔记，准备下一节课的内容。中午吃饭时间从来没有超过十分钟，即使是在去食堂的路上，我的脑子里也充满了英语单词和数学公式。白天在学校上课，吸收新的知识，晚上回家就疯狂做题，巩固吸收。两年多的时间，我没有一天在12点之前去睡觉，有时候甚至熬到深夜两三点。我就像一个上满了发条的木偶，机械地重复着每天的生活，每天入睡之前，我都会在心底告诉自己：再努力一点吧，梦想就在头顶呢。

"高二高三时，我已经数不清自己到底用了多少笔芯，记了多少笔记，做了多少题目，背了多少遍课本，我只知道，还不够，为了心中的那个梦想，这还不远远不够啊，真恨不得睡觉的时候都在学习。"

"高考那天，我一身轻松地上了考场，两年多夜以继日地努力，全在两天四张考卷里，我没有一点紧张，平静得就像在教室里做测验题。当考完最后一科，看着考生们一个个交卷离场，我趴在桌上放声大哭，两年了，终于坚持了下来。"

"老师们总说我是一个奇迹，同学们也总在说一个浪子回头的故事，但是只有我知道，这背后的付出不是常人所能忍受的。在那一个个累到想放弃的日子里，在那一个个背书背到哭、做题做到吐的日子里，我都告诉自己：你还有什么呢？坚持吧，梦想就在头顶啊！"

看着手机屏幕，我的内心久久不能平静。我无法想象，小宇在那两年里究竟克服了多少困难，承受了多少苦难，忍受了多少折磨，一次一次地坚持下来，才能完成蜕变。

"你值得拥有这一切。"我衷心地说道。

几天后，我收到了小宇升学宴的请帖。在当地一家很大的酒店，亲朋好友坐在一起，对这位"新科状元"表示祝贺，没人觉得他所取得的成绩来得容易。大家都说二舅有福，生了这么个好孩子，二舅和舅妈高兴得合不拢嘴，幸福得像个孩子。小宇就站在父母的身后，脸上也挂着灿烂的笑容，苍白的脸上洋溢着幸福的神色。

我突然又想起小宇说过的话，别说改变太难，你不够狠罢了。只要你踮起脚，梦想就在你的头顶。

■ 学会在雨中跳舞（作者：熊探）

有些人并不是很幸运，他们或许会比我们遭受更多的苦难，才能换来属于自己的明天。但是"天将降大任于斯人也，必先苦其心志，劳其筋骨，饿其体肤，空乏其身，行拂乱其所为"，只有在雨中跳舞的人，才能应对多变的人生。

来到大学校园，我首先注意到的，不是那么大那么大的操场，那么多那么多的人，而是炎炎烈日下，伫立在学校大门口的那个穿着拖鞋、头发油腻、抱着二手电脑，慢慢地张开嘴打哈欠的男生。我从来不知道，一个人能把这么不正常的行为展现的那么正常。也就是从那一刻起，我在心里给他起了个名字："奇葩"。

也许是好奇心使然，我总是在不经意间悄悄地追踪他的轨迹。他是冶金班的《刀塔》"大神"，果然不出所料。他在课堂上和教授公然作对，嗯，符合"人设"。他经常独来独往，行为规律。这些个不正常，只要他做，就是正常的，因为他这个人早已经被我定义成了"奇葩"。

和他真正认识是因为我们一同参加了数学竞赛培训。在做自我介绍的时候，有个人说："你们随便分组好啦，反正我能拿第一。"在当时造成很大的轰动，更确切地说是唏嘘声一片。但是因为我去晚了，错过了这戏剧性的一幕，不然我不会跟他合作的。到后来我才知道，原来口出狂言的是他——那个"奇葩"。于是，被剩下的他和来晚的我，就组成了共同奋斗在第一线的"相亲相爱"的小伙伴儿。

真正和他接触之后，我进一步确认了我的"奇葩"

论断。每当教授提出问题的时候，他就会呈现出呆滞状态，很久不动弹，当我准备放弃他，靠自己去奋斗的时候，他会突然给出两个方案。而那个时候，我发现，整个过程，我的心里只有这样一句话："这个答案好牛，可惜我听不懂。第二个答案是什么？结果居然是变量。"虽然这很尴尬，但看他讲得那么认真和投入，我不忍心打断他。他说完之后，又穿着那双破拖鞋，趿趿拉拉地走向别的队，看他们的解题过程然后指出错误。当对方处于懵懂状态时，他会给出正确的答案。原本同学之间处于敌对的竞争关系，后来各个队伍派人找他解决问题。

很长时间里，我的脑海里呈现出这样一副画面：一个赤脚战士握住一支笔出现在战场上，当敌军来袭时，潇洒的几笔画下来，赤脚战士给对方的马匹上安了鞍鞯，给对方的战士配了长矛，然后站在原地，等待着众人对他感恩戴德。我说，咱们在比赛，不是在指导，请大神你专业一点啊。

因为他长期游走在各个队伍里，以至于被大家亲切地称为"溜溜"。

"溜溜，毕业了你要去干吗？"

"我去种地。"

"种地？你种什么？"

“各种花卉，也会来点儿蔬菜，规模大了，就再扩展。”

“哇，我也要去种地。”

几个女生把“溜溜”围住了。“溜溜”像给我解释做题过程一样，跟她们讲着如何种地。当他讲到数学模型的时候，女孩子们终于从完全混沌的状态里解脱，称赞着：“哇，种地也要模型啊，好厉害！”看着他一边用大脚丫晃悠着那只破拖鞋，一边将自来水放到像电风扇一样“嗡嗡”作响的笔记本风扇口加热，我不禁叹了口气，种地都能有这么多女生陪着，不是一般人能做到的吧！女神们啊，放开他吧，他只对溜达感兴趣。

一个无忧无虑的少年郎——这是经过半年时间，我对他彻底折服之后的答案。

我想，他肯定是被家里惯坏了，所以才这样无忧无虑；他肯定是读过很多书，所以才这样聪明。但是后来，我知道自己猜错了。

溜溜来自一座不知名的大山。听他舍友说，他走了整整一个礼拜才走到了学校。中间走走停停，困了就窝在车站或者别的地方睡觉，饿了就吃一个馒头。他到达学校的时候，已经累得不行了，把背着的被褥一扔，倒在床板上就睡觉，睡了整整一天。起来的时候，吃的是馒头抹辣椒酱。

整整一个学期，他的床上一张床单都没有，直接躺在从家里拿来的褥子上。长期吃馒头，没有一点儿菜。夏天就一件背心，晾干了再穿，晾不干就在宿舍里等着。鞋子是一双大众浴室里的拖鞋，趿趿拉拉的，好像怎么也坏不了。冬天就一件棉袄，里面还是那件背心，看起来有些不协调，但是他从未感觉到不妥。

"我上高中的时候，教室的玻璃是用纸糊的，冬天的时候往里面灌风，超级冷。"闲下来的时候，他难得说起了自己的家乡，"我一个月吃饭只用一块五毛钱，哪里像现在，吃个馒头就要花五毛钱。"

"毕业了你还回自己老家吗？"

溜溜一边啃着馒头，一边说："老爸老妈在那儿，我肯定得回去，不过我会在外边上班，因为我得挣钱。"

那个时候，我对溜溜真的是刮目相看。他学到的东西，凭的是自己的真实本领，他肯定是个成熟又有责任感的人。

我身边有太多虚荣的、不思进取的人，有的甚至将千里迢迢来看自己的父母拒之门外，还将父母的饭菜扔到地上，只因为他们觉得父母给他们丢脸了，让他们脸上无光了。可是，他们似乎忘记了，他们今天的光鲜生活，全部来源于父母啊！

真正认识溜溜之后，我第一次感觉到，原来一个人在雨中也能跳舞，原来，一个人在风中也能直立，原来，一个人面临冬天也能这样坦然。

毕业之后，溜溜去了某钢铁厂。他是学习冶金专业出身的，这对于他来说，也算是学有所用。听说每年的年末，他可以拿八千块钱的年终奖。那是我们毕业的第一年，可以说，他是我知道的挣得最多的一个同学。作为他的同学，我真心祝福他。

当我以为他就会这样工作下去直到退休，他选择了辞职，自己回到老家种地，着手打造家乡的第一块特色种植地。他将几年的积蓄全部用在种地上，以种花草为主，种蔬菜为辅，进行生态农业传输贸易。

刚开始的三年，他年年赔钱。我们好多人都劝他不要再干了，这条路行不通。但是他笑着说："还没到时候，过几年就能产生效益了。"第四年开始，他收回了所有成本，第五年开始赢利，第六年，半个村子的村民成了他的员工。

我听说他被评为当地的优秀农民企业家的时候，我头皮发麻，内心久久不能平静。我很激动，因为我知道他可以做到，并且他做到了。

后来，我问他，为什么我们让他放弃的时候，他选择了坚持。

他说，再苦再难的事儿，自己都挺过来了，这件事儿做不成，顶多再回到原点。他习惯了在雨中跳舞，太风平浪静反而不习惯。

这就是溜溜啊，我一直认识的溜溜。那一刻，我真的为自己能够成为他的朋友而自豪。

从溜溜身上，我看到了完整的人格、坚强的内心，长久以来不竭奋斗，他内心不安定，能够付诸实践。他什么也没有，却能创造一切。他让我知道了怎样将人生中的不可能变为可能，什么是将命运掌握在自己的手中。

溜溜让我学会了很多。我学会的第一点就是不要自卑。

曾经的高中生活，我过得并不开心。因为班里很多的孩子比吃比穿，而我心里一直渴望像他们一样去玩耍，可是内心里过不去专心学习这个坎儿。我穿校服，规规矩矩地吃饭，看起来跟别的同学很不一样。所以我内心里是自卑的。一直到离开了高中的学习环境，进入了大学，我才变得开朗起来。

很多人说，不要输在起跑线上，所以在很小的时候，我们拼尽一切去学知识，去学理论，去考大学。可是，我们的内心是否真的充实呢？很多人说穷人的孩子要早干活儿，要早处理事情，所以要早当家。我想说的是。穷人家的孩子并不是因为穷才早当家的，而是因为他们懂得家人辛苦，珍惜现在的拥有，憧憬未来，经历越多，内心越丰富，同理心越强，所以才成就了更加美好的明天。

朋友，如果你遇到了问题，请不要气馁，我不想说谁比谁更不幸，谁比谁更惨烈，因为这只能解决一时的问题，因为这是对我们无穷潜能的一种不自信，因为我们生而为人，各具特色，并不具有可比性。

我只想说，这个世界上的一切困难，只是困难而已，它是能够被解决的，也是能够被制伏的。而我们需要做的就是学会在雨中跳舞，用一颗跳动的心，感受这个世界带给我们的一切，苦难也好，幸福也罢，都似那雨滴一般，不多也不少地落在我们身上。

我们要做的就是迎接它，并接受它，用它做我们成长的养料，成为苍天大树，突破那孕育雨水的厚云，成就自己美好的人生。

如果下雨了，就酣畅淋漓地去跳舞，我们不能改变世界，但是我们能够积攒力量，成就美好。

■ 成长就是学会边流泪边努力（作者：麦承欢）

我们的一生要承受很多痛苦，杀不死的终将使我们更加强大，这便是成长。经历风雨，我们可以痛哭流泪，但决不能忘记努力奔跑。

周可可在一所二本大学读中文系，因为她的语文成绩很好，加上考试多是背书，因此她的大学生活过得很轻松，随随便便应付一下就能过关。逃课成了她的常态，但她丝毫不以为意，因为她的学习成绩虽然说不上优秀，但没有挂过科。

她说得最多的一句话就是："反正我又不求拿奖学金，不挂科不用补考就可以了。"

到了大三，很多同学打算转专业考研，可可没有想过考研，她对我说："女孩子的青春才是最重要的，早三年出来打拼，就能早三年稳定下来，不然硕士毕业后都成老姑娘了，连对象都找不到。再说了，有这么多企业，随便找一家，能找到工作就成，我姐说在企业里，本科生和研究生没有区别。"

于是，在别人努力考研究生的时候，可可还在悠哉悠哉地在全国各地旅游，每次在朋友圈发美景美食，都惹别人羡慕。

转眼到了大四，同学们都面临毕业之后的去向选择问题，有的考研成功了就继续读研，有的进了国企当文员，有的进了外企当文案策划，有的进了民企当秘书。在一片热火朝天的讨论声中，可可随意上网搜索了一下就不管了。

室友苏文看见她那么淡定，好奇地问她："可可，你找到工作了吗？"

可可说："不急，你看网上有那么多公司在招人，不如趁着现在还自由，赶紧玩一下。等到宿舍不能住人了，我再找也来得及。"

苏文进了一家私企当文案策划，同时准备考公务员，便提出了一点自己的建议："你可以现在找好，约定好时间再去上班。万一到时候急急忙忙找不到，宿舍又不能住人了，你准备住哪里呢？"

可可无所谓地说："不怕的啦，这么多企业，中文又是我擅长的，写东西什么的，我随随便便就能写出来，怎么可能找不到工作呢？"

看到劝说无效，苏文只能无奈地耸耸肩，任由她去了。之后，在别人忙得团团转的时候，可可仍然悠哉悠哉，一副十分淡定的样子。直到通知还有三天就要封宿舍楼，可可才开始找工作。

她在网上投简历，很快就接到了电话来让她去面试。可可按照地址来到了一栋大厦的第十六层，面试她的就是公司的老板，老板看了她的简历，十分满意，对她说："我现在带你去你的上班地点。"

可可诧异地问："难道不是这里吗？"

老板解释道："这里是会见客户的地方，租金非常贵，目前公司还在发展，需要开源节流。"

然后老板把她带到了一栋居民楼的五楼，里面的房间全部打通了，中间摆放着几台电脑，里面有三个女生在工作。老板说："这里的租金比较便宜，但是这些都是暂时性的，等以后公司的效益好了，肯定可以换一个工作环境的。"

怀着极度复杂的心情，可可说回去考虑一下，无论来不来，都会发短信跟老板说。但她内心已经给这家公司打了叉。之后两天，可可没有接到其他电话，那些简历就如石沉大海，不知去向。

宿舍阿姨开始赶人了，可可拿着行李箱走出学校，心中一片茫然，现在的她才知道，原来社会的就业环境如此残酷，要想找到好的工作，需要长远的准备，而像她这样临时抱佛脚的，根本不可能找到好工作。

毕业之前，家里打了三千块钱给她做工作之前的生活费，拿着这些钱，她租了一间房子，八百块钱一个月，押二付一，一下子就用掉了两千四百块钱。手里只剩下六百块钱的她，必须马上工作了，不然连饭都吃不上了。

无奈之下，她只能先就业再择业，给之前那位老板打了个电话，说自己明天来上班。

第二天，老板让她直接去了居民楼，尽管这里也有同事，可可还是十分不开心，毕竟别人都是在高大上的写字楼上班，她却躲在这种居民楼里上班，不知道的人还以为她去了什么小作坊呢！

她跟那三个女生沟通了解之后，才发现她们学历都是中专，这下子，她更加不开心了，总想着有一天攒够钱，马上辞职。

可可每天的工作就是写文书，老板在写字楼接到学生的留学申请后，会把任务发给她，她就用英文来写文书。为什么要招一个中文系的大学毕业来写英文文书呢？可可认为，应该是因为没人愿意来做这个工作，所以老板就随便找人来做了。反正现在的翻译软件这么先进，付费之后翻译就更精准了。

她十分不满意这份工作，觉得是对她学历的亵渎，但是迫于生活压力，她不得不工作下去。于是，上班的时候，她就带了情绪，随随便便应付老板交过来的任务，把软件翻译的句子直接复制粘贴，看也不看。因此一篇文书大半是语句不通顺的。她完成后，直接就登上学校的官网去帮学生申请学校，反正成不成功不关她的事，对她的工资也没影响，她那么认真干吗呢？

　　那段时间，可可想到了很多事情，为自己曾经不努力学习、不未雨绸缪找工作而懊恼，她认为这是她工作不顺的根源。每每想到这里，她就会泪流满面，然后第二天继续用敷衍的心态完成工作。

　　堂哥出差来到可可的城市，便约了她出来。看到堂哥如今混得风生水起，可可很是羡慕，向堂哥倒苦水，说着说着就哭了起来。

　　"我知道一切都是我的错，要不是我不认真上课，不提前找好工作，现在怎么会沦落到在居民楼上班呢？但是现在说这些又有什么用呢？堂哥，我觉得我这辈子毁了！"可可的负面情绪爆发出来，崩溃大哭。

　　她觉得自己就像一个溺水的人，在人生这片苦海中挣扎求存，却怎么也跳不出来。"难道我这辈子都要以泪洗面，天天发牢骚吗？堂哥，我真的不知道自己还有什么希望。"

堂哥递给她一张纸巾，说："你知道吗？我读大学那会儿跟你一样，我的第一份工作甚至不如你，我在宝马做实习生，一做就是半年，工资只有六百块钱一个月。"

"那你是怎么熬过来？"可可无法想象工资只有六百块钱一个月的生活是怎样的，连一个月的房租都不够啊！

堂哥苦笑道："刚开始的时候，我抱怨过，迷茫过，甚至想辞职回家当啃老族算了，反正爸妈的退休金不是养不起我。辞职的时候，经理跟我说，他就是从实习生这个岗位做到经理的，他在实习生岗位待了整整一年才转正，转正后工资坐火箭般的窜升，能拿三万块钱一个月。于是我想，那我留下来吧，看看我要多少个月才能转正。

"那时候我十分焦虑，既为从前的过错而懊恼，又为未来担忧，常常一个人大晚上哭，哭得那个惨啊！这种状态持续了六个月，直到我转正了。

"现在回头看看那段时光，虽然黑暗了一点，但并不是很难熬。可可，既然以前的遗憾无法弥补，那么你现在要更加努力。在这个社会上，没有谁能随随便便成功，哪个人不是一边流泪一边努力的呢？也只有一边流泪一边奔跑，才能迅速成长。

"可可，只流泪不努力的人，就是生活上的懦夫，只懂得逃避困难，逃避现实，永远活在阴暗悔恨当中。"

这番话对可可来说是十分震撼的！原来她是一个懦夫，面对生活的挫败，只会把错都赖在过去头上，用泪水来逃避现实，根本没有想过要努力改变现实啊！

是啊，像郭晶晶和吴敏霞这些运动员，哪个不是一边流泪一边继续努力，然后才有了辉煌的成绩，为国争光？还有一些创业者，默默流泪的同时，不也在努力工作吗？若是不断缅怀过去，只流泪不付出，不过是自己欺骗自己，给自己的逃避找借口罢了。

周可可感激地对堂哥说："哥，谢谢你，我现在知道该怎么办了！"

看着她眼神清明一片，再也没有了之前的彷徨失措，堂哥心中十分欣慰，说道："可可，你不用太自责，这个阶段很多人都经历过，只要你学会了边流泪边努力，你就超越了自己，学会了真正的成长。"

周可可点点头，心中已经有了主意。

回到公司后，她一改之前的敷衍态度，很认真地给学生写申请文书，也不再借助翻译软件了，而是逐字逐句地琢磨。她考过了英语六级，翻译文书基本上是没问题的，只有遇到特别刁钻的英语语句时，才会借助软件。同时，她也会把翻译的句子牢牢地记在心上。

在申请的过程中，她会上网查找大量的资料，了解每所大学喜欢的文书类型，然后按照学校喜好的风格来写。

因为她认真，申请留学的成功率越来越高，吸引了很多学生来报名。老板知道这是因为周可可的辛勤付出获得了家长老师的认可，于是想要把她调到大厦里面上班，并且把她提到首席文书老师的职位，加25%的薪水。

但是周可可拒绝了，一来她的经济危机已经解除了，二来她想要去更好的公司寻求发展。因为第一份工作取得的成就，可可顺利地进入一家广告公司做文案策划。

在这个过程中，她哭过，崩溃过，甚至想过自暴自弃，但想起堂哥的话，她不想做懦夫，不想做温室里的花朵，不想做只会哭不会努力的胆小鬼，便又咬咬牙坚持住了。

回想曾经，可可懂得了一个道理：现实总会与想象中的差得太远，要是只懂得流泪，根本不去努力改变现状，这辈子都学不会真正长大。

面对人生的逆境，不要抱怨，不要沉溺于过去，我们可以大哭，发泄情绪，但不要逃避现实，不要缩头做鸵鸟，而是要边流泪边去努力，努力改变未来，改变命运。

　　成长的路上总会荆棘丛生，谁不是一边流泪一边咬牙坚持？只有学会边流泪边努力，才能真正成长起来。

■ 努力是为了不辜负自己（作者：安然）

　　那些在成长路上洒下的汗水，终将浇灌出最美的花朵，开在你生命的途中。那些你付出的努力，终将使你成为那个最好的自己。

　　小沐是我的大学室友兼好朋友，大眼睛、圆圆脸，长得白白净净，一看就是没吃过苦的乖乖女孩。

　　大学毕业后，小沐考上了公务员，我们常打趣说最羡慕她了，她以后就是抱着铁饭碗的人了，不像我们还得去为工作东奔西跑。

　　因为各自工作生活繁忙，虽然同在一个城市里，但我们联系不是很多，偶有时间，大家会在群里了解一下彼此的近况，顺便八卦一番。

小沐是群里最活跃的一个，我们常互相打趣小沐会是我们中最早结婚生子步入安稳幸福生活的一个。

我一直以为我们会一直这样安稳地忙碌地工作生活过下去，从未想到生活太多时候虽然像大海一直平静，但也会因风起波澜。

我还记得那是夏季一个忙碌的工作日的下午，临近月底工作量比平时大了很多，例行的会议上，领导讲话安排工作，会议时间比平时长了大概一倍。

会议结束后，我取消手机静音时发现有好几个未接来电，都是小沐打来的，我想没什么事她一定不会打这么多电话给我，就马上给她回了电话，她约我在公司附近的咖啡厅见面。

"怎么啦，这么急着找我，是不是来给我发喜帖啊？"我看小沐的神情镇定，不像有什么大事就打趣她道。"别逗了。"小沐苦笑了一下说，顿了一下又说道，"最近生活不是很顺心，我有点烦躁，所以来找你聊聊天。"

"怎么啦？怎么会不顺心呢？你看你工作那么好，我要是有你那么稳定的工作，开心还来不及呢，烦心什么啊？"我当时只觉得小沐是工作太轻松了，所以无聊找我出来。

"你觉得我的工作很好？"

"当然，公务员啊，多少人想考都考不上啊。"

"你有没有想过换工作？"小沐突然问我这个问题。

"换工作啊，想过啊，你看咱们班的小李，这不才刚跳的槽，因为有之前的工作经验，工资翻了一倍呢。"我一听不是什么严重的事，就边吃着我喜欢的提拉米苏边说着。

小沐听后没说话，看了我一阵，欲言又止，又喝了几口咖啡，放下手里的咖啡杯对我说了一句我完全没想到的话。

"我要换工作了。"

"换工作！什么工作？"小沐的话好像晴天里的一声惊雷，吓了我一跳。

"我准备转行了，不做公务员了。"

"转行？那去做什么？"我丝毫没想到小沐居然要辞了公务员的工作，连忙放下手里的叉子，蛋糕也顾不上吃了。

"新媒体。"

"新媒体？你想过现在跳去一个新的行业，不仅之前所有的经验都作废，要去重新学习，可能你的直属领导比你还要小几岁，而且你扔掉了多少人都羡慕不来的铁饭碗。"

听完我的话后，小沐拿起面前的咖啡匙，搅了搅咖啡后，端起了咖啡杯，刚要喝一口，动作却停住了，顿了一下后，她放下杯低头看着咖啡的热气不断盘旋上升，然后好像下定了决心说："我知道，这些我都想过。

"但我不想再这样没意义地做着自己不喜欢的工作，日复一日地耗着过日子了。

"我想去做自己真正喜欢的，你刚说的我都想过，也犹豫过，但我不想以后的人生就这样了，我不想这么年轻就这样每天过着死水般的生活，我想跟着我的心去做，我是真的想去试一试，毕竟只有自己真正走过才会知道路在哪儿不是吗？

"我开始交接工作了，等忙完手上的事，我就离职。"看来小沐是真的做好了抉择。从她话语中，我听得出她是下定决心的。

"好，如果你真的已经想好了，那无论任何决定我都支持你，更何况你做了一个这么酷的决定。放心吧，我一定做你最坚实的支持者。"我看着她说。

"谢谢你，就知道你会为我加油，虽然我家人都反对我，不理解我，但那又怎么样呢？有一个人支持，我就觉得充满力量，而且我们年轻人不就是应该去闯一闯吗？"小沐抬起头笑着对我说。

"你之前没有接触过新媒体，开始时一定会很辛苦，你要想清楚。"我有些忧虑地看着她说道。

"我知道，放心吧，有你支持我，为我加油，我没有什么好怕的。今天来找你说了之后，我更坚定自己的想法了，这条路再艰难我也要走一走，我只想遵从我内心的想法，不想辜负自己。"那一刻她眼里似乎有光，她整个人是那么耀眼。也许这就是一个人拥有了信念之后光芒四溢的样子。

小沐在过了大概一个半月后，离开了原有的单位，去了一家刚起步的小型新媒体公司。闲暇时，她会给我打电话说她的近况。

在步入新行业新工作的前三个月，小沐说她根本就没有休息日，因为她真的什么都不会，一切她都要去学，对于本专业的人来说很基础的东西，对她来说完全是新鲜事物。

那段日子，小沐每天下班后就抱着厚厚的专业基础书籍自学到半夜，遇到不是很明白的地方，就在白天休息时捉人去问，然后自己整理笔记。

因为她是新人，而且对这个行业不是很了解，所以前期公司根本不让她参与项目，但她没有灰心，还是每天啃着厚厚的专业书籍，跟在公司里的前辈后面慢慢学习专业知识。

三个月后，一天的例行会议上，小沐提了一个很好的点子被采纳了，领导终于同意让她参与新的项目。

那天她开心得不得了，现在我还记得那天她打电话给我时雀跃的语气，好像五岁的孩童得到了最喜欢的玩具，我还打趣她说："不要这么开心啊，只是让你进项目组，你未免也太开心了吧。"

她说："你不知道，我是觉得这段时间的努力有了回报和肯定。"

小沐对我说，她那段时间瘦了5公斤，真的很辛苦。有时候自己也会想这么做到底值不值得。她放下了以前的所有，以一个新人的姿态重新学习，真的值得吗？做着自己喜欢的新工作时，她真的很开心。

参与新项目的小沐忙了起来，其间还是会时不时打电话给我说说生活里的事，但对工作并不多谈，我也曾经想问问她工作是不是顺心，转念又想，她一定会努力做好工作的，便没有再问。

就这样日子一天一天过去，又过了大概半年时间，有一天我休息，她发了一个文件给我，我立刻点开来看，文件后面的策划人赫然写着她的名字。

我看到后惊喜得差点叫出声来，马上给她打了电话问她是怎么回事。她说这是她负责的第一个项目，虽然不是什么大的企划，只是一个很小的项目，但她还是很开心，所以发来与我分享。

我当时真的很为她开心，因为我知道她轻描淡写的成绩背后，付出了多少汗水，我也知道曾迷失的日子里她有多辛苦，不止有对专业知识缺失的惶恐，还要应对那些不理解她的冷眼的艰辛。

现在的小沐，成为了她们公司的高层管理人员，带着很多和曾经的她一样的青涩新人，每次见到小沐我都会被她的自信与笑容感染，听从自己内心的小沐真的很快乐。

你被什么打动，什么就是你的命运，也许尽是旁人的不解疑惑，但没办法，人生就是这样，求仁得仁，你想得到什么，就要拼尽十分的力气去争取，也许很长的一段时间都要为结果东奔西跑，重要的是，你要懂得自己的心，不辜负自己。

年轻的幸运在于你可以尽可能地去追求自己想要的，先倾听自己的心，明白自己想做的，然后就去做吧，在人生的旅途中，趁着年轻去拼尽全力挥洒汗水吧。别在可以拼搏的年纪选择放弃，别让以后的自己为从前贪图安逸而后悔，用尽全力去追求自己的梦，追寻自己的心吧，千万别辜负自己。

■ 请在每一个灰暗的日子多些勇气（作者：于杨）

没有人不会经历挫折，没有人会事事顺心，我们大部分人要经历许多艰难困苦，才能到达成功的彼岸。在每一个灰暗的日子里，请多些勇气，其实现实并没有想象中的那么可怕，鼓起勇气，去打败心底的恐惧和软弱，迎接真实的自己。

鸣子和我是同事，我们在同一家公司上班，平时除了工作，我们还会去健身房健身，两个爱美的女生，总是需要多些付出的。生活就这样很平静却有意义地过着，但关于生活里的一些事情，我们的确无能为力去阻止甚至改变。惊喜和意外，从来不知道哪个会先来。

那天我和鸣子都在健身房里运动，鸣子接到了一个电话后，停止了跑步坐在那里，表情很严肃，像是有什么心事。

"鸣子，怎么了，发生什么事情了？"

"老板说，给我停职……"

我正纳闷，刚想问鸣子，为什么工作做得好好的却要被停职，鸣子就主动把事情的真相告诉了我。我恍然大悟，觉得鸣子真的很不容易。

鸣子不像我，我挣的钱够自己生活就好了，因为我可以回家住，公司离家特别近。但鸣子是租房子住的。相比来说，鸣子的压力很大，因为鸣子家里还有一个妹妹上学，父母年纪也大了，便只能靠着鸣子一个人在外面打拼来贴补家用。鸣子总是省吃俭用，每次发工资，大部分的钱都会留给父母和妹妹。

找一份工作真的很不容易，大学毕业后，鸣子就找到了现在的工作，可时间久了，这份工作根本无法养活他们一家人。后来鸣子没有办法，私下去做了兼职，因为我们实行弹性工作制度，所以下午一部分时间是有空余的，鸣子便去超市打工。至于晚上经常去健身房，是因为健身房的老板是我的朋友，给我们免费办了会员卡。在我的死缠烂打之下，鸣子才同意跟我一起健身。

鸣子在我眼里是一个很努力的女生，从来不会抱怨自己的出身和家庭，总会用自己的勤奋去填补那些与别人不同的地方。鸣子为了做兼职，的确没有办法专心地完成工作，加上平时的琐事繁多，老板曾警告过她几次，但鸣子没有办法只做这一件事，只好尽力去完成两边的工作。

后来老板觉得鸣子的状态很不稳定，公司刚上市不久，对员工的要求也会有些苛刻，加上老板听到很多关于鸣子的流言蜚语，决定解聘鸣子。

虽然对于这个结果，鸣子心里有很多的不甘，但还是选择接受。

那段时间，可以说是鸣子最灰暗的日子，丢了工作，失去了生活来源，而在便利店里兼职每月拿到的几百块钱，根本没有办法长久地支撑她的生活。

"鸣子，不管怎么样，我都在，我们一起努力，帮你找工作。"

为了帮鸣子重拾信心，我开始帮鸣子找工作，在网上帮她投了很多简历，鸣子有时一天要面试很多家，并未等来好结果。平时鸣子在便利店继续打工，我也在网上持续关注着招聘信息，一周过去了，没有一家合适的公司，鸣子很沮丧但也尽力压抑自己的情绪。

"鸣子，没关系，一切都会变好的，加油。"

功夫不负有心人，一个月后，我们终于等来了好消息，一家教育机构决定让鸣子去上班，虽然鸣子对于这个公司并不是那么喜欢，但迫切赚钱养家的想法使得鸣子必须去上班。在这个公司里，鸣子的职业是一位英语讲师，但对于并不是英语专业的她来说，这份工作的确是一个挑战，每天大量地讲授英语，并面对上百位学员，这让鸣子有些为难。

　　鸣子是一个很腼腆的人，这种工作并不适合鸣子，可鸣子她没有办法去选择，既然已经开始，老板也非常信任她，她只好硬着头皮去讲授。

　　"你教教我怎么才能不紧张，我站在他们前面，面对这么多双眼睛，我有些控制不住自己。"

　　"其实，你没有必要那么拘谨，大家的年纪都差不多，你在私下把每天的教案反复地练习，或是讲给我听，时间久了，就习惯了。"

　　后来鸣子每天晚上都找我听她讲第二天要讲授的内容，我也会指出鸣子的问题，并要求她改正，但或许因为我们是朋友，所以我看不出她有多么紧张。面对那群学生时，鸣子的心里却似乎有着深不见底的恐惧，然而她硬撑着把工作完成。

　　后来，老板还是找到鸣子，他觉得她一直不在状态。鸣子后来和我说，原来她的学员私底有议论过她，被老板知道了。

　　鸣子觉得自己每天讲课都特别勉强，这样的生活，似乎并不是她想要的，所以她有些迷茫。再加上老板训斥，鸣子有些不知所措，甚至正常的状态都很难发挥出来。

"鸣子，你不必去在乎外界，你应该多去挑战自己，多给自己些信心和勇气。"我对她说。

或许鸣子心里也知道自己需要改变。她慢慢进入了状态，在以后的课程里，鸣子游刃有余，也变得自信起来，学员听课后也有很多好评，一切都在向着更好的方向发展着。

那段时间里，鸣子找到了自己的状态，感觉那种安稳的日子回来了。但好景不长，灰暗的日子又向鸣子袭来。

"鸣子，你能回老家一趟吗？你妹妹要辍学了。"

这是鸣子妈妈给鸣子发的短信，老人家知道长途电话费很贵，就给鸣子发了一条短信。鸣子很诧异，妹妹怎么会无缘无故辍学？鸣子立刻请假回了老家。

鸣子回到老家后，家里的情况令她心酸，她却力不从心。这是鸣子在外打拼两年后第一次回家，鸣子踏入家门后，发现情况已经不同于以前，父母老了许多。妈妈说，妹妹上高中，需要很多钱，父母和鸣子已经借了很多钱，欠下许多债，一时半会儿根本不知道去哪里借钱。

鸣子很着急，后来跟学校的校长商量。校长说，在当年入学前必须把学费凑齐，要不然妹妹就没有办法顺利入学。虽然校长给了鸣子几个月的时间去凑钱，但鸣子不知道该如何去凑这些钱。

鸣子没有办法，只好辞掉了在教育机构的工作，选择待在父母的身边，因为妹妹暂时辍学，鸣子可以帮妹妹补习功课，只好放弃大城市的机会，在县城找了一份当老师的兼职，一边贴补家用，一边挣妹妹的学费。

"你看他家鸣子，虽然念了大学，可还是回来了，她妹妹的学费都交不上，真的白养了一个孩子。"

村里的人总是说鸣子家的闲话，这让鸣子很懊恼。但她觉得大家说得没有错，父母把她培养成了一个大学生，可她还是回到了农村。父母都老了，她也没有办法让父母享福。鸣子想起这些，心里就特别难受，觉得自己特别没有用。

鸣子每次从村里走过，身边的大爷大妈们都会用异样的眼神看着她，这令她很不自在。鸣子恨不得自己马上消失，眼看离妹妹开学的日子越来越近，鸣子的情绪一天比一天低落，但当父母用期盼的眼神看着她时，她知道，自己不能被现实击垮。

每次鸣子想哭的时候，都会一个人到外面抹泪。她为了让妹妹学习没有压力，便告诉妹妹不要担心，她一定可以让妹妹继续上学。妹妹很争气，落下的功课都赶上，平时的检测中，成绩也越来越好。这让鸣子很欣慰，在外面上班时，她也觉得浑身充满力量。她知道，所有的债都会还上，这个家的生活会好的。那几个月里，鸣子似乎拼尽这一生的力气去做兼职，去赚钱，只要是她能做的，她都会去尽力完成，只为了那几百块钱。

在那段灰暗的日子里，鸣子感受到人间的冷暖，也体会到赚钱到底有多么不容易。还好在妹妹入学前，鸣子赚到了妹妹的学费，让妹妹顺利入学。虽然妹妹后续的学费没有着落，但当看到妹妹可以走进学校继续学习，她还是很高兴的。

鸣子和我说，她会选择一直在农村工作。后来鸣子联系到自己的同学，正好他们在创业种果树，鸣子思前想后，便加入了他们，开始创业生活，她已经不在意身边的人说什么，只是希望自己可以努力赚钱，供妹妹顺利读完大学。

鸣子这一路真的很不容易，换了很多工作，最后选择在乡村创业继续赚钱养家。我也相信鸣子的未来会越来越好，因为她很努力，不管有多困难，她从来未退缩。

请在每一个灰暗的日子多些勇气，多给自己些力量，因为没有人能一直帮助你，你只能靠你自己。那些不堪的过去，相信都会消失，虽然前方的道路是曲折的，但未来一定会有光明在等你。别畏惧，并一直向前，这才是人生最好的选择。

"其实我并没有觉得自己与别人有什么不同，因为有时我不过是比大家少睡一会儿觉，不过是在别人在抱怨时，我做得多了些，甚至我很感恩我得到的这一切，或许都是别人抱怨时留下的，我只是不会去抱怨，把每一次机会都当成是最后一次……"

其实当我们少些抱怨，珍惜自己身边的每一次机会，哪怕只是一个小小的举动，都会成为后来我们不同于别人拥有和得到的。我们应保持良好积极的心态，去面对每一件事，去一步一个脚印地走好未来的路，这样你会收获到更多的东西。

我们生活在这世界上，千万别畏惧任何事，哪怕是身边的抱怨声此起彼伏，也一定要记得你想要得到，首先要放平自己的心态，并努力争取。其实身边的机会很多，只看你有没有能力去把握住。而当你得到的时候，千万别去炫耀，因为当你拥有越多，越应该有温和平静的心态，这样你才会发现其实自己所经历都是有意义的，其实生活还有很多可能，你也一样。